KB196900

마티스 × 스릴러

마티스
×
스릴러

앙리 마티스의 그림에서 발견한
가장 어둡고 강렬한 이야기

정해연·조영주·정명섭·박산호·박상민

마티스블루

차례

피아노 레슨

×

정해연

● 피아노 레슨, 1916, MOMA

'죽어.'

그것은 주문과도 같았다.

1

김윤철은 친모를 살해했다. 그의 나이 만 16세, 고작 고등학교 1학년이었다. 만 14세가 넘었으므로 촉법소년에 해당하지는 않았다.

시신을 발견한 사람은 친부인 김진모였다. 그는 김윤철의 어머니인 서이현과 김윤철이 다섯 살이던 해에 이혼했다. 김윤철은 서이현이 맡기로 했다. 김윤철이 성인이 될 때까지 김진모는 서이현에게 매달 양육비 120만 원을 지급하는 걸로 합의했다. 김진모는 그 결정에 불만이 없었다. 이혼은 해도 아들은 여전히 사랑했기 때문이다. 남자 혼자인 몸으로 아들을 맡지는 못하지만 매달 성실히 면접일을 지켜 아들을 만나러 가기도 했다. 그런 아들을 키우는 데 드는 돈을 이혼했다고 해서 아까워할 수는 없었다.

그날 김진모가 서이현에게 전화를 한 것은 뭔가 이상하다는 걸 느꼈기 때문이었다.

김진모는 준대형마트의 한편에서 정육점을 운영했다. 장사는 들쑥날쑥했다. 인근에 대형마트가 들어오면서 손님은 더 끊어졌다. 매달 정해진 날짜에 양육비를 넣으려고는 하지만 잘 안되는 달도 많았다. 그때마다 서이현이 전화를 하고 독촉했다면, 그는 그녀를 증오하거나 그 돈을 아까워했을지도 몰랐다. 그러나 서이현은 그러지 않았다. 날짜가 늦어져도 독촉하지 않았다. 치사하고 아니꼬워서, 그렇게 생각하는 걸 수도 있었지만 독촉하지 않아도 김진모라면 상황이 안 좋은 거라고, 가장 최우선으로 아들의 양육비를 걱정할 남자라고 믿어주는 거라고 생각했다.

그런데 이번 달은 달랐다. 지급하기로 한 날부터 딱 하루가 지났을 뿐이었다.

양육비입금왜안해?바로입금해줘

아침 개시를 하기 전부터 득달같이 날아온 문자가 기분

나빴던 것은 아니었다. 이달엔 급하게 쓸데가 있다고 생각했을 수도 있는 일이었다. 김윤철이 고등학교에 들어가면서 학원도 늘린다고 했으니, 그 돈이 필요한 걸 수도 있었다. 하지만 이상한 기분이 든 것은 문자가 날아와서가 아니라 그 문자 자체 때문이었다.

김진모는 스마트폰 화면을 밀어 올리면서 그동안 서이현에게 받았던 문자들을 확인했다. 문자는 모두 띄어쓰기가 되어 있었다. 서이현은 이상하리만치 문자에 마침표를 찍었다. 단호한 그녀의 성격을 대변해주는 것 같다고 느낄 때도 있었다. 그런데 방금 온 문자는 마침표는커녕 띄어쓰기도 제대로 되어 있지 않았다.

김진모는 그 자리에서 서이현에게 전화를 걸었다. 그때까지만 해도 그녀가 죽었을 걸 예상하지는 않았다. 그냥 이상한 기분이 들었고, 이번 달에는 조금만 늦게 양육비를 입금하겠다고 설명할 생각이었다. 그런데 서이현은 전화를 받지 않았다.

바빠서전화못받아입금하고문자줘

서이현은 동네 카페에서 아르바이트를 했다. 그러나 그녀의 아르바이트 시간은 오후 네 시부터 저녁 여덟 시까지였다. 이른 아침부터 바쁠 일이 그녀에게는 없었다. 김진모는 아들에게 전화를 걸었다. 신호가 몇 번이나 계속되는 동안 전화를 받지 않던 김윤철은 김진모가 전화를 끊으려 할 때에서야 전화를 받았다.

　—…….

　여보세요, 라는 간단한 말도 하지 않았다.

　"무슨 일 있어?"

　—아니요.

　"엄마가 전화를 안 받는데?"

　—…….

　"여보세요?"

　—바빠요.

　서이현이 바쁘다는 건지, 자신이 바쁘다는 건지 알 수 없는 소리를 한 김윤철은 전화를 끊었다. 김진모는 한숨을 내쉬었다. 아들은 중학교 때 사춘기를 앓은 뒤 완전히 성격이 바뀌어버렸다. 자신과 만날 때도 잘 말하지 않았다. 아예 약속 장소에 나오지 않는 날도 많았다.

그날 저녁 김진모는 다시 한번 서이현에게 전화를 걸었다. 역시 전화를 받지 않았다. 이번엔 문자가 오지도 않았다.

김진모는 서이현이 아르바이트를 하는 카페로 갔다. 그건 조금 지나친 행동일 수도 있었다. 나중에서야 자신이 그렇게까지 서이현을 만나려고 했던 건 자신의 내면에서는 이미 뭔가를 알아챘기 때문이라고 생각하게 됐다.

카페 사장은 서이현이 일주일째 출근하지 않고 있다고 했다.

죄송해요그만둘게요

카페 사장이 보여준 문자를 읽는 순간 알 수 없는 한기가 자신을 에워쌌다. 김진모는 카페에서 나와 자신의 스마트폰을 뒤졌다. 그러고는 아들인 김윤철이 보냈던 문자를 찾아보았다.

나가고싶지않아이달은만난걸로해

그 순간 머리부터 발끝까지 소름이 돋았다. 김진모는 택시를 잡아탔다. 바로 서이현의 집으로 향했다. 김진모는 서이현과 이혼하면서 함께 살고 있던 아파트에서 몸만 나왔다. 그것이 아들을 맡는 서이현에 대한 당연한 배려라고 생각했다. 초인종을 눌렀다. 아무런 소리도 나지 않았다. 급하게 서너 번을 연달아 눌렀다. 안에서 뭔가 부스럭거리는 소리가 났다. 누군가 현관문 앞까지 와 있다는 것을 알아챘다. 서이현의 집에는 아날로그식 인터폰이 있었다. 그 인터폰은 화면이 없어 바깥에 있는 사람을 확인하려면 문에 난 작은 구멍으로 밖을 내다봐야 했다. 누군가 이쪽을 보고 있음을 확신했다. 김진모는 문을 두드렸다.

"김윤철! 김윤철!"

아무리 불러도 대답은 없었다. 김진모의 머리에 뭔가 생각이 스쳤다. 엘리베이터 앞에 있는 전기계량기였다. 빠른 걸음으로 가 서이현의 집인 1302호를 확인했다. 계량기가 빠르게 돌고 있었다. 단순히 집 안에 냉장고 정도가 가동된다고 해서 돌아가는 속도가 아니었다. 분명 안에 아들이 있었다.

다시 집 앞으로 돌아가 아들을 불렀지만 대답은 여전히

없었다. 경찰에 신고하겠다고, 문을 강제 개방하겠다고 소리를 질렀다. 그래도 문은 열리지 않았다. 김진모는 112 버튼을 누르고 전화를 스피커폰으로 돌렸다.

─112 긴급 상황실입니다.

여자의 목소리가 들렸을 때 문이 빼꼼히 열렸다. 김진모는 즉시 전화를 끊고 문을 확 잡아당겨 열었다. 그 기세에 굉장한 악취가 훅 끼쳐왔다. 그 냄새를 김진모는 잊을 수 없을 것 같았다.

"엄마는?"

김윤철은 뭔가 중얼거렸다. 입안에서 말을 웅얼거리는 건 평소에도 그랬다. 터질 것 같은 속을 억누르며 아들을 밀치고 거실로 올라섰다. 냄새는 더욱 심해졌다. 구역질이 올라왔다. 김진모는 소매로 코를 누르며 냄새의 시작점을 찾았다. 안방이었다.

문을 열었지만 조금 흐트러진 침대와 가지런히 정리되어 있는 화장대에서는 이상한 점을 찾을 수 없었다. 이상한 것은 따로 있었다. 2월인 이 한겨울에 안방에는 에어컨이 틀어져 있었다.

김진모는 안방에 설치되어 있는 붙박이장을 노려보았다.

심장이 두근거리고 무서운 생각이 들었지만 그걸 열어봐야만 할 것 같았다. 김진모는 붙박이장 문을 열었다. 그리고 길고 긴 비명을 질렀다. 안에는 투명 방수포에 쌓여 있는 아내의 부패한 시신이 들어 있었다. 서이현의 입안에서 구더기가 기어 나오고 있었다.

"안 가?"

지혁은 고개를 들었다. 구 팀장이 자신을 내려다보고 있었다. 시계를 쳐다보았다. 두 시였다. 지금 출발하면 예정된 시간에 도착할 수 있을 터였다. 지혁은 읽고 있던 수사자료를 덮었다. 의자에 걸쳐진 점퍼를 집어 들며 일어섰다.

"다녀오겠습니다."

"잘해. 지금 이거 국민적 관심이 몰려 있는 사안인 거 알지?"

범죄심리분석팀 구관용 팀장은 지혁을 향해 못 믿겠다는 어조로 말했다. 그를 잘 믿지 못하겠다는 태도다. 지혁은 실수를 하는 타입이 아니다. 오히려 철두철미한 성격에 가까웠다. 그런데도 저런 태도를 취하는 건 자신의 권력감을 느끼고 싶어서라고, 지혁은 분석했다.

"다녀오겠습니다."

친모를 죽인 고등학교 1학년 김윤철을 만나기 위해 지혁
이 출발했다.

2

영인구치소에 도착한 지혁은 곧장 안으로 들어갔다. 총무
부로 가 사정을 이야기하고 기다렸더니 담당 교도관을 오
래 기다리지 않고 만날 수 있었다. 오십은 넘어 보였는데도
몸은 굉장히 탄탄하고 건장했다. 지혁은 자신의 명함을 교
도관에게 넘겼다. 그는 제대로 읽어보지 않고 주머니에 넣
었다.

"따라오시죠."

그를 따라 구치소 안쪽으로 들어갔다. 긴 복도를 걸으면
서 지혁은 그에게 말을 걸었다.

"김윤철은 어떻습니까?"

교도관이 지혁을 보았다.

"수감 생활에 잘 적응하는지, 문제는 일으키지 않는지 말

입니다."

"별로 특별할 것 없습니다. 조용히는 지냅니다."

적응을 한다는 게 이곳에서는 문제를 일으키지 않는다는
걸 의미하는 것 같다.

"여깁니다."

면담실이라고 적힌 푯말이 붙은 사무실 앞에서 교도관이
걸음을 멈췄다. 그러고는 문을 열었다. 내부는 단출했다. 사
무실은 좁았으며 널찍한 책상 하나가 정가운데에 놓여 있
었다. 철제 의자가 준비되어 있었고, 다른 기자재는 일절 없
었다.

김윤철인 듯한 남자가 테이블에 엎드려 있었다.

"김윤철."

교도관이 그를 불렀으나 황토색 수인복을 입은 김윤철은
움쩍도 하지 않았다. 교도관이 다시 그를 부르려 해 지혁은
손을 들어 저지했다. 눈빛을 주자 교도관은 살짝 고개를 끄
덕하고는 사무실 구석에 비치된 의자에 가서 앉았다. 혹시
모를 상황에 대비하는 것이다.

지혁은 일부러 소리 나게 책상 위에 가지고 온 가방을 올
렸다.

"김윤철."

이번에도 김윤철은 움직이지 않았다. 일부 범죄자들은 조사를 자신이 주도하기 위해 본능적으로 이런 행태를 보이곤 했다. 거기에 끌려가지 않아야 한다. 지혁은 더욱 단호한 목소리로 말했다.

"일어나."

김윤철이 드디어 상체를 일으켰다. 그는 수갑을 차고 있었다. 손에 이마를 박고 있어서 그런지 닿은 부분이 빨갛게 달아올라 있었다. 지혁은 조금 놀랐다. 김윤철은 생각보다 훨씬 앳된 얼굴을 하고 있었다. 범죄자의 얼굴형이 꼭 정해진 것은 아니지만 김윤철은 길거리에서 보면 순수함을 아직 벗지 못한 중학생 정도의 얼굴로 보였다.

"나는 범죄심리분석관 서지혁이라고 한다."

지혁이 자리에 앉으며 말했다. 고개를 든 김윤철의 얼굴에 호기심의 빛이 서렸다.

"프로파일러, 뭐 그런 거예요?"

"알아?"

"〈그것이 알고 싶다〉에서 봤어요."

고개를 끄덕거렸다. 요즘은 많은 사람이 프로파일러에 대해 알고 있다. 한국말로는 범죄심리분석관. 자신의 직업을 말하면 사람들은 말한다. 어차피 그놈이 죽인 거 이유는 밝혀내서 뭐 하냐고. 하지만 알아야 한다. 왜 이런 일이 벌어졌는지와 그 일을 막을 수 있었던 기회들에 대해. 그렇게 해서 앞으로 그런 일이 벌어지지 않도록 예방에 힘써야 하고 교육해야 한다. 또한 범죄자들을 연구해 앞으로의 수사 활동에 도움을 줄 수도 있다.

"물 좀 주세요."

"대답을 잘하면 줄게."

이 조사의 주도권은 이쪽에 있다는 것을 명확히 보여줘야 한다고 생각했다.

"경찰에서도 물었겠지만 너, 아직 말 안 했다지? 엄마를 왜 죽였는지?"

김윤철은 눈을 깜박거렸다. 그 시선이 바닥으로 가라앉았다. 김윤철은 경찰조사에서 엄마를 살해한 이유에 대해 말하지 않고 있다고 했다.

"말해봐. 왜 그런 일을 벌였는지."

"말했어요."

"무슨 말을?"

"내가 죽인 게 아니라고요. 그런데 믿지 않은 건 경찰이에요."

지혁은 노트북을 두드렸다. 자료를 불러냈다. 이미 한차례 검토하고 왔지만 사건 보고서를 다시 한번 훑었다. 이런 행동은 잠깐의 적막을 두어 김윤철을 불안하게 만드는 효과도 있다.

이 사건의 범인은 김윤철이 확실했다. 아파트 CCTV를 통해 김윤철 외에는 집에 드나든 사람이 없다는 걸 확인했다. 시신에서는 김윤철의 DNA도 검출되었다. 김윤철과 몸싸움을 했다는 뜻이었고, 그 상흔이 김윤철의 몸에도 남아 있었다. 시신을 싼 방수포도 김윤철이 인터넷으로 주문한 것을 확인했다. 결제는 모친의 카드로 되어 있었다. 무엇보다 김윤철이 죽이지 않았다면 신고도 하지 않고 시신을 안방 옷장에 넣고 생활할 리가 없었다. 김윤철의 말은 누가 들어도 거짓이 분명했다.

"그럼 누가 죽였다고 생각하지?"

김윤철은 얼른 대답하지 않았다. 대신 지혁의 얼굴을 빤히 응시했다. 뭔가를 읽어내려는 사람처럼 보이기도 했다. 김윤철은 고개를 숙인 채로 뒤를 살짝 보았다. 교도관이 어디 있는지 확인하는 것 같았다.

"아저씨는 프로파일러니까, 내 말이 진짜인지 아닌지 알 수 있죠?"

범죄심리분석관은 점쟁이가 아니다. 그래도 이 순간 김윤철이 장난을 치려는 건 아니라는 걸 알 것 같았다. 그는 진지한 얼굴이었고 얼마쯤은 절박해 보이기도 했다. 몸을 잔뜩 낮추고 간절한 시선을 보내고 있다. 지혁은 가만히 그를 지켜보는 걸로 대답을 대신했다. 몸이 달았는지 김지혁이 먼저 말했다.

"시켰어요. 엄마를 죽이라고."

"그 말은 네가 엄마를 죽인 게 맞다는 거네?"

"내가 죽인 건 맞지만 나한테 시켰다고요."

"누가?"

"누가가 아니라…… 사람이 아니에요."

"무슨 뜻이지?"

"소리가, 소리가 나한테 지시했어요. 엄마를 죽이라고."

조만간 김윤철의 정신분석을 의뢰해봐야 할 것 같았다. 하지만 지금은 철저히 냉정한 태도를 유지했다. 어이없어하지도, 관심을 지나치게 주는 느낌도 주지 밀아야 했다. 일부의 범죄자들은 정신이상을 이유로 감형을 노리기도 하기 때문이었다.

"무슨 소리가 들렸다는 거지? 어디서?"

김윤철은 다시 한번 교도관 쪽을 흘깃거렸다. 그러고는 목소리를 잔뜩 낮추고 지혁에게 속삭였다.

"그림이. 마티스의 그림이."

3

지혁은 영인경찰서의 박도훈을 찾아갔다. 박도훈은 김윤철을 담당한 형사다. 사건 발생 후 김윤철의 면담부터 조사 마무리까지 전 과정에 참여했다.

"김윤철을 만나고 오셨다고요?"

휴게실로 지혁을 안내한 박도훈은 자판기에서 음료수를 뽑아 건네며 말했다. 자리에 앉은 채로 지혁이 음료수를 받았다. 박도훈이 맞은편에 앉았다.

"혹시 정신분석 의뢰를 하셨나요?"

지혁은 김윤철이 말한 내용에 대해 이야기했다. 예의 그림이 살인을 사주했다는 이야기였다. 박도훈은 말하지 않아도 알겠다는 듯이 손을 내저었다.

"말도 안 되는 얘기예요. 분석관님도 아시잖아요. 그런 놈들 처벌 낮게 받으려고 꼼수를 부린다는 거요. 물론 정신분석을 맡길 예정이긴 하지만 안 봐도 뻔하죠."

그는 질린다는 투로 이야기했다.

"김윤철이 엄마를 왜 죽였는지도 얘기 안 하죠?"

지혁은 고개를 끄덕이며 말했다.

"조사된 사항 있습니까?"

"네."

박도훈은 음료수를 한 모금 들이켜고는 설명을 시작했다.

"아마도 엄마가 꽤나 잡았던 모양입니다."

"잡았다고요?"

"공부 때문에요."

김윤철은 학교에서 중상위권 성적을 차지했다. 나쁜 성적은 아니었지만 대단한 수재라고도 볼 수 없었다. 그의 어머니는 김윤철이 할 수 있는데도 더 좋은 성적을 받아오지 못한다고 생각했다. 그런 생각은 김윤철의 담임을 통해 들었다. 자주 학교에 찾아왔던 김윤철의 엄마가 늘 그런 불평을 해왔기 때문이다.

김윤철의 엄마는 김윤철의 학원 스케줄을 일일이 직접 짰다. 그러고는 학교 앞에서, 학원 앞에서 아이를 기다렸다. 일일이 학원에 집어넣은 다음 복도에서 서성였다. 혹시 김윤철이 집중하지 않는지 문에 난 작은 창을 통해 들여다보곤 했다. 박도훈 형사가 찾아갔을 때 학원 원장들은 고개를 가로저었다.

"다른 학생들한테 피해가 된다고 말려도 소용없었어요."

박도훈 형사는 조사에서 김윤철에게 엄마에 대해 말해보라고 했다. 김윤철은 잠시 생각하더니 엄마는 항상 뒤에 있었다고 말했다.

"뒤?"

김윤철은 웃었다. 당신도 믿기지 않죠, 하고 되묻는 듯한 웃음이었다.

"내가 공부할 때 계속 뒤에 앉아 있었어요. 조금이라도 딴짓을 할까 봐."

핸드폰도 엄마가 직접 관리했다고 했다. 학교에 갈 때 주고 하교 후 정문에서 다음 학원에 가기 전에 핸드폰을 받아갔다. 학교에서는 어차피 수업 시간에 핸드폰을 사용할 수 없는 데다 혹시라도 김윤철과 길이 엇갈릴까 봐 어쩔 수 없이 주는 거였다. 집에서 공부하다 피곤해 잠자리에 드는 것도 일일이 허락을 맡아야 했다.

"그 정도면 노이로제에 걸려도 이상하지 않죠?"

박도훈 형사의 말에 지혁이 고개를 끄덕거렸다. 박도훈 형사는 한숨을 내쉬었다.

"차라리 그래서 엄마를 죽였다고 하면 그걸로 사건 종결시키고 검찰로 송치하면 되는데, 애가 자꾸 헛소리를 하는 거예요. 그림이 시켰네, 어쨌네."

그래서 범죄심리분석관까지 붙었다. 사건이 알려지면서 언론은 경찰의 입만 쳐다보고 있는 상황이었다. 위에서는 빨리 결과를 내놓으라 난리다. 담당 형사로서는 귀찮은 상황이 아닐 수 없다.

"그 그림이 뭐죠?"

"저도 잘 모릅니다. 마티스라는 작가의 모사화라고 합니다. 김윤철의 모친이 중고로 어디서 얻어온 거라나."

"볼 수 있을까요?"

"오늘요?"

박도훈은 이마를 살짝 구겼다. 슬쩍 시선을 내리는 것이 손목시계를 확인하는 것 같았다. 퇴근을 해야 하는 건지, 아니면 바쁘다는 뜻인지 알 수 없었다. 벽에 걸려 있는 시간을 확인하니 8시가 넘어 있었다. 박도훈이 말했다.

"내일 다시 오겠습니다."

"그럼, 증거 보관소에 있습니다. 피가 튀어서 DNA 검사를 했거든요. 내일 오시면 찾아놨다가 바로 보여드리겠습니다."

"감사합니다."

인사를 한 지혁은 바로 경찰서를 나왔다. 팀장에게 전화를 걸었다. 그는 이미 퇴근을 했다고 했다. 오늘 조사 상황에 대해 간단히 알리고 자신도 퇴근하겠다고 보고했다. 집에 도착했을 때는 이미 9시가 지나 있었다.

"다녀오셨어요?"

현관문을 열고 들어가자 아들 선욱이 거실 중간에 서 있었다. 한 손에 머그잔을 들고 있는 걸로 보아 주방에서 방으로 들어가던 중인 모양이었다. 커피 향이 온 거실에 맴돌고 있었다. 이 밤중에 커피를 마시다니, 또 새벽까지 공부를 하려던 모양이었다.

"아직 안 자고 있었니?"

선욱은 자조적으로 웃었다.

"제가 이 시간에 자는 거 보셨어요?"

선욱은 올해 고등학교 2학년이다. 아내와 이혼한 후 아들의 양육은 지혁이 맡았다. 아내 쪽은 남자가 따로 있다.

선욱이 공부에 매진하는 것은 그 이유 때문만은 아니다. 아니, 매진이라는 단어는 적절치 않은 것 같다. 선욱은 거의 공부에 집착했다. 다른 사람들은 자식들이 공부를 안 해서 탈이라던데 지혁은 사정이 달랐다. 선욱이 공부를 너무 해서 탈이었다. 지혁이 집착이라고 생각하는 것은 다른 이유가 아니었다. 선욱은 공부를 너무 해 쓰러지기도 여러 번이었다. 거기다 1등을 하지 못하면 극심한 스트레스로 온몸에 두드러기가 올랐다. 그 때문에 병원 신세를 지기도 했다. 정신과를 가보자는 지혁과 싸운 적도 많았다.

선욱은 요즘 들어 더욱 잠을 줄였다. 고등학교에 들어서면서 매번 1등을 놓치고 있기 때문이다. 매번 만점을 받는 그 아이에 대해서도 지혁은 알고 있다. 같은 반으로 교우관계도 나쁘지 않다고 들었다.

지혁은 김윤철에 대해 생각했다. 자발적으로 공부하는 선욱과는 다르지만 김윤철은 공부의 압박감으로 엄마를 살해한 것으로 추정된다. 압박감이라는 것은 그만큼 사람을 미치게 하는 것이다. 아들이 그렇게 되는 걸 절대 원하지 않았다.

"선욱아."

지혁이 선욱을 불렀다. 방 안으로 들어가려던 선욱이 걸음을 멈추고 지혁을 보았다.

"1등 같은 거 안 해도 돼. 그러니까 너무 공부에 집착하지 마."

"아빠."

선욱이 낮은 한숨을 쉬며 지혁에게로 돌아섰다.

"2등이 무슨 뜻인지 아세요?"

지혁은 아들이 무슨 말을 하려는지 몰라 멀뚱히 쳐다보았다.

"1등이 아니라는 뜻이에요."

선욱이 말을 이었다.

"그럼 1등이 아니라는 말은 무슨 뜻인지 아세요? 1등 밑으로는 다 똑같다는 말이에요."

그 말을 남기고 선욱은 방으로 들어갔다. 혼자 남은 지혁은 선욱이 한 말을 내내 곱씹었다.

4

증거 물품 보관소는 경찰서 지하에 있었다. 작은 사무실 안쪽으로 알루미늄 창살문이 있었는데 복도가 보였다. 증거 물품은 거기서 관리하는 모양이었다. 박도훈 형사의 안내로 들어간 지혁은 박도훈이 그림을 가지러 들어간 사이 원형 테이블에 앉아 기다렸다. 잠시 뒤 나온 박도훈의 손에는 A3 사이즈의 나무 패널이 들려 있었다. 박도훈은 손에 장갑을 끼고 있었다. 지문이 묻지 않게 하려는 의도다. 그는 역시나 지혁에게도 라텍스 장갑을 내밀었다. 그것을 받아 끼고는 그림을 건네받았다.

"혈흔 감식은 끝났습니다. 국과수 의견은 역시 김윤철이 엄마를 뒤에서 수석으로 몇 번이고 내리쳐 사망한 거라고 했어요. 루미놀 검사를 했더니 비산 혈흔이 김윤철 방 안에 가득하더군요. 도망치는 엄마를 끝까지 쫓아가 살해한 겁니다. 그때 그림에도 피가 튀었고요."

조사가 끝났으니 이제 피해자 측에 물건을 돌려준다고 했다. 피해자인 김윤철 모친 쪽 가족으로는 친정 오빠가 있다고 했다.

지혁은 그림을 보았다. 마티스라는 작가의 이름은 이미 들었기 때문에 오기 전에 잠깐 공부를 했다. 이 그림은 '피아노 레슨'이라는 제목으로, 창가에 붙은 피아노 앞에 어린 아이가 앉아 있고 그 뒤로는 높은 의자를 놓고 앉은 여자가 있었다. 거리감을 표현하기 위해 여자의 의자는 꽤 높이에 그려져 있는데 마치 공중에 뜬 것처럼 보이기도 했다. 아이는 정면을 보고 있다. 피아노를 치는 것 같아 보이지는 않는다. 인터넷으로 검색했을 때 어떤 블로그에서는 작가인 마티스가 어린 시절 피아노 치기를 싫어해 엄마가 감시를 했는데 그걸 그림으로 그렸다고 했다. 진짜인지는 모르겠으나 그 내용이 김윤철을 떠올리게 했다.

"이 그림은 어디에 걸려 있었습니까?"

박도훈 형사가 대답했다.

"김윤철의 책상 앞에 걸려 있었습니다."

김윤철은 이 그림을 보며 어떤 생각을 했을까. 더더욱 압박감을 느끼지는 않았을까. 김윤철의 마음이 되어 지혁은 그림을 응시했다. 그러던 순간 그는 몸을 움찔하며 몸을 뒤로 뺐다. 이상하다는 듯이 박도훈 형사가 물었다.

"왜요?"

"아, 아닙니다."

그렇게 말하는 지혁은 등줄기에 식은땀 한줄기가 흘러내리는 것을 느꼈다. 자신이 잘못 본 것일 수도 있지만 아주 찰나, 피아노 앞에 앉은 아이의 눈이 스윽 움직이며 자신을 응시한 것 같았다. 다시 한번 그림을 보았다. 그림은 처음 본 상태 그대로였다. 당연한 일이다. 그림이 움직이다니, 말도 안 되는 일이었다. 자신이 잘못 본 거라고 생각했다.

그때 박도훈 형사의 휴대폰이 울렸다.

"어, 그래? 알았어."

박도훈 형사가 전화를 끊고 지혁을 보았다.

"서장님이 부른다고 하시네요."

지혁은 그림에서 눈을 떼지 못했다. 왠지 심장이 쿵쿵거리며 세차게 뛰었다. 그림을 쥔 양쪽 손에 후끈한 열감이 느껴졌다. 그 열감을 그대로 느끼면서도 그림에서 손을 떼지 못했다.

"잠깐 위에 올라가보고 오겠습니다."

박도훈이 말하는데도 고개만 끄덕일 뿐 지혁은 아무 말도 하지 않았다. 그림 속 아이의 눈을 빤히 응시할 뿐이었다. 그림 속 아이는 머리를 한쪽으로 늘여 반대쪽의 눈밖에 보이지 않았다. 그 눈은 정면을 보고 있다. 아니, 지혁 자신을 보고 있다.

지혁은 사무실로 돌아갔다. 사무실 안에는 구관용 팀장만이 있었다. 다른 사람들은 다 업무를 위해 나간 모양이었다. 지혁을 발견한 구관용은 벌떡 자리에서 일어나 단숨에 그의 앞으로 왔다.

"어디 갔다 왔어? 안색이 왜 이래?"

지혁은 자신의 안색이 어떤지 잘 몰랐다. 아니 알고 싶다는 생각이 들지 않았다. 어쩐지 정신이 멍했다.

"경찰서에 다녀왔습니다. 증거물을 보러요."

한심하다는 듯 구관용이 큰 숨을 내뱉었다.

"네가 형사야?"

지혁은 구관용을 보았다.

"이번 사건 브리핑 때문에 내가 빨리 보고서 올리라고 했어, 안 했어? 지금 밖에서 어떤 난리가 났는지 몰라? 뭐라도 던져주지 않으면 개떼처럼 몰려들어 우릴 뜯을 거라고. 왜 이렇게 멍한 얼굴이야? 뭔 소린지 못 알아들어?"

구관용은 가까이 다가와 그의 어깨를 한 손으로 툭툭 쳤다.

"내가 우리 인연 때문에 자네 봐주고 있다는 거 알아, 몰라? 그런데도 일 이런 식으로 할 거야?"

"하지만 피의자가 범죄를 인정하지 않고 있고……."

"시끄러워. 그따위 패륜아 얘길 들어서 뭐 해? 빨리 PCL-R 검사나 해. 사람들은 그놈이 사이코패스인지 아닌지 그걸 제일 궁금해한다고. 알았어?"

구관용의 버럭 지르는 소리가 귓가를 쩡하니 파고들었다. 그 소리가 머리를 계속 자극하는 듯 지혁은 인상을 구겼다. 그 사이 구관용이 지혁의 어깨에 팔을 얹었다.

"지혁아. 언제까지 이러고 살래?"

지혁이 그를 보았다. 그는 비웃음이 명백한 표정으로 그를 들여다보았다.

"네 동기들은 벌써 승진해서 팀장 달고 있는데 너는 뭐냐? 남들이 팀장 달 때 너는 그냥 서지혁. 좋냐, 좋아?"

구관용이 손가락으로 그의 볼을 툭툭 선드렸다. 살짝 고개를 숙이고 있던 지혁이 천천히 고개를 들었다.

"너 이러는 거 보면 나 같아도 다른 사람 만나고 싶겠다."

이혼한 지혁의 아내에 대해 이야기하는 것이었다. 지혁이 눈을 크게 떠 그를 노려보았다.

그런 것도 모른 채 구관용은 기분 좋은 듯 몸을 돌렸다.

"아참! 우리 영서가 이번에 또 1등을 해서 내가 파티 좀 열어주려고 하는데……!"

돌아서는 그의 목에 줄이 감겼다. 그리고 그 줄은 벗어날 새도 주지 않고 구관용의 목을 조였다. 끈을 잡은 지혁은 더욱더 손에 힘을 주었다. 구관용의 번들거리는 얼굴이 대번에 파랗게 질렸다. 구관용은 숨을 못 쉬어 꺽꺽거리면서 지혁의 손을 간신히 잡았다. 그러나 목을 조르는 지혁의 힘이 더 강했다. 구관용의 손이 이번에는 자신의 목을 파고드는 줄로 향했다. 그는 줄을 떼어내기 위해 자신의 목을 긁었다. 그러나 그것마저도 여의치 않았다. 손톱에 긁힌 목에서 피가 배어 나왔다. 그의 눈이 뒤로 넘어갔다.

"선배?"

갑자기 들려온 목소리에 지혁은 눈을 부릅떴다. 소리가 난 쪽을 돌아보니 후배인 인성이 서 있었다.

"무슨 생각을 그렇게 하고 있어요?"

인성이 웃으며 말했다. 지혁은 뒤를 돌아보았다. 구관용은 어느새 자리에 앉아 이쪽을 보고 있었다.

"쟤 오늘 어디 가서 정신 놓고 왔나 물어봐라."

지혁은 그 자리를 박차고 사무실을 뛰쳐나갔다. 뒤에서 인성이 부르는 소리가 들렸지만 걸음을 멈추지 않았다. 그는 화장실로 뛰어 들어갔다. 곧장 변기통을 붙잡고 구역질을 했다.

구역질이 멈추자 그는 바닥에 털썩 주저앉았다. 그러고는 믿을 수가 없다는 듯 자신의 손을 내려다보았다. 손에 신발끈이 있었다. 그가 신고 있는 운동화의 오른쪽 신발에는 운동화 끈이 없었다. 그는 어느 순간 정말로 구관용을 죽이려 했던 것이다. 만약 인성이 들어오지 않았다면 그건 상상에서 끝나지 않았을 것이었다.

두려움으로 온몸이 경직되었다. 그는 이 순간 김윤철을 떠올렸다. 엄마를 죽이라고 그림이 시켰다는 그 말을 그는 믿지 않았다. 그러나 지금은 그 생각이 조금 달라졌다. 그 역시 소리를 들었다.

'죽여.'

그것은 주문과도 같았다.

5

"또 오셨네요?"

박도훈 형사가 사무실 안으로 들어오는 지혁을 보고는 일어섰다. 조금 어리둥절한 표정이었다. 왜 여기 왔는지 궁금하기도 할 테지만 지금 지혁의 표정이 이상하다는 것을 느끼고 있는 것 같았다. 지혁은 지금 급하고, 혼란스럽고, 두렵고, 간절하다. 그 기이한 감정이 얼굴로 드러나는 것을 자신도 알고 있었다.

"박 형사님, 김윤철의 어머니 휴대폰…… 갖고 계시나요?"

박도훈 형사의 입장에서는 뜬금없는 소리일 것이다. 범죄심리분석관이 왜 살인사건의 증거물들을 찾는 건지 도저히 이해가 안 되는 것 같았다.

"무슨 일 때문에 그러시죠?"

"확인해야 할 게 있어서 그렇습니다. 설명은 나중에 드리겠습니다."

"사건에 무슨 문제가 있습니까?"

"그런 건 아닙니다."

자신의 떨리는 목소리를 인지하면서 지혁이 고개를 저었다. 박도훈은 더욱더 모르겠다는 눈빛으로 지혁을 응시했다. 그러다 곧 입을 열었다.

"오시죠."

뭔가 급하게 확인해야 할 사항이 있는 거라고 생각하는 게 분명했다. 형사들 역시 뭔가를 조사할 때 그런 습성이 있다. 확실하게 증명되기 전에는 입에 올리지 않는다. 자신의 생각이 맞는지를 확인하고 또 확인하는 과정에서도 '어쩌면'이라는 말은 자기 생각 속에만 가둬놓는다. 아마 지혁도 그럴 거라고 생각하는지 모른다. 지혁의 가슴속에 지금 일어나는 전쟁을, 그는 상상하지 못한다.

지혁은 박도훈을 따라 지하로 내려갔다. 물품보관소에 온 것은 벌써 두 번째이다. 박도훈은 지혁을 테이블에 앉아 기다리게 하고는 보관소 안으로 들어갔다. 지혁은 두 손을 움켜쥔 채로 숨을 멈추었다. 숨이 잘 쉬어지지 않았다. 손톱이 손바닥을 파고 들어갔다. 긴장된 가슴이 이완되지 않았다.

기다리는 시간이 영겁 같았다.

"이겁니다."

다시 돌아온 박도훈 형사는 비닐 팩에 담겨 있는 휴대폰을 지혁의 앞에 내밀었다. 지혁은 그걸 받아 비닐 팩 위에서 휴대폰 옆면의 버튼을 눌러보았다. 방전이 되지 않았는지 휴대폰에 불이 들어왔다.

"잠깐 확인해봐도 되겠습니까?"

"아직 조사가 끝난 사안이 아니기 때문에 직접 만지시면 곤란합니다."

"걱정 마세요."

"내일 유가족이 와서 물품 수령해 갈 겁니다. 확인할 것 있으시면 오늘 다 하세요."

박도훈 형사는 지혁을 한번 보고는 물품보관소 밖으로 나갔다. 확인이 끝나면 연락 달라는 말을 잊지 않았다.

지혁은 박도훈이 나간 것을 확인하고 곧장 휴대폰에 시선을 박았다. 비닐 팩 위에서 터치를 해보았다. 비닐 팩 안에 있어서 혹시 제대로 터치가 되지 않을까 걱정했는데 휴대폰은 정상적으로 작동되었다. 휴대폰에는 비밀번호나 잠금 패턴이 걸려 있지 않았다. 조사를 위해 잠금을 해제해놓은 것인지도 모른다.

분명 그림은 김윤철의 모친이 중고 물품으로 구매했다고 했다. 그렇다면 휴대폰에 그 기록이 남아 있을 거였다. 메시지 함으로 들어갔다. 수많은 메시지를 일일이 다 확인할 시간이 없었다. '그림' '마티스'라는 단어로 검색을 해보았다. 나오는 메시지는 없었다. 문자를 통해 물건을 산 건 아닌 것 같았다. 전화 통화였다면 당장엔 알 길이 없다. 실망하려는 찰나 어플이 떠올랐다. 요즘은 중고 물품을 어플로 거래한다. 물건과 돈을 주고받는 전 과정을 어플 안의 채팅으로 해결한다. 확인하자 바로 중고 물품 거래 앱을 확인할 수 있었다. 실행시킨 즉시 김윤철의 모친 아이디로 자동로그인 되었다. 구매 이력에서 쉽게 마티스의 그림을 찾았다. 그림은 무료 나눔을 받은 듯했다.

채팅방 표시가 활성화되어 있었다. 클릭하여 들어가니 무료 나눔자와의 대화가 그대로 남아 있었다. 김윤철의 모친은 그림을 받고 싶다고 메시지를 보냈고 상대는 그에 응했다. 상대는 사는 곳이 윤포시라고 했다. 김윤철의 집에서 차로 두 시간이나 걸리는 거리였다. 둘은 대화를 하고는 착불택배로 물건을 받기로 했다. 김윤철의 모친이 주소를 남겼고 다음 날 오후 3시, 무료 나눔자가 자신이 이용한 택배 회사와 택배 운송장 번호를 채팅에 남겼다. 이후 대화는 더 없었다.

지혁은 자신의 핸드폰에 운송장 번호를 메모해 넣었다. 그러고는 박도훈 형사에게 전화를 걸었다. 잠시 후 내려온 박도훈 형사에게 휴대폰을 내밀자 그는 조금 걱정스럽다는 얼굴로 물었다.

"이번 주쯤 사건 발표 있을 건데, 뭐 문제 있는 건 아니죠?"

혹시라도 사건 결과와 다른 문제가 있는 건 아닌지 걱정하는 듯했다. 기껏 발표를 했는데 범인과 관련하여 다른 조사 결과가 나온다면 경찰의 체면이 말이 아닌 것이다.

"그건 아니에요. 그냥 김윤철과 모친이 평소 얼마나 친밀했는지 확인하려 한 것뿐입니다."

대충 둘러대는 소리일 뿐인데도 박도훈 형사는 친절히 말했다.

"친밀이요? 그렇다면 그런 일도 안 생겼겠죠. 연락은 주로 엄마 쪽이 했습니다. 거의 지시였어요. 공부해라, 어느 학원으로 가라, 이런 식이요."

"그렇더군요."

지혁은 박도훈 형사의 말에 대충 응대하고는 곧장 경찰서를 빠져나왔다. 그러고는 차에 올라타 휴대폰으로 '을지 택배'를 검색했다. 김윤철의 모친이 그림을 받은 택배회사였다. 가장 가까운 지점 사무실은 차로 10분이 채 되지 않는 곳에 있었다. 그곳으로 출발했다. 가속을 하는 그의 낡은 차가 큰 울림을 내었다.

택배 사무실은 생각보다 조용한 곳에 위치해 있었다. 물류 분류소가 필요해 외곽의 큰 부지를 사들여 운영하는 것 같았다. 낮 시간대니 이미 택배 차들은 다 나가고 없는 것 같았다. 물류 분류소 안쪽으로 조립식 컨테이너 건물이 보였다. 사무실이었다.

"어서 오세요."

안으로 들어가자 컴퓨터 앞에서 뭔가를 입력해 넣던 여직원이 자리에서 일어섰다. 그를 택배를 보내러 온 손님이라고 생각하는 것 같았다. 지혁은 경찰 공무원증을 꺼내 보였다.

"경찰입니다."

굳이 범죄심리분석관이라는 말을 자세히 할 필요는 없을

것 같았다.

"무슨 일이십니까?"

소리가 난 쪽으로 몸을 돌렸다. 소파에 앉아 있던 남자가 자리에서 일어섰다. 50대 중후반은 넘어 보이는 남자로 이곳의 책임자 같았다.

"범죄 관련 조사 때문에 나왔습니다. 택배 운송장 번호로 보낸 사람 주소를 확인할 수 있죠?"

범죄 관련이라고 하니 조금 당황하는 얼굴이었다. 지점장은 다시 한번 지혁의 공무원증을 확인하고는 여직원에게 확인시켜드리라는 지시를 했다. 여직원은 지혁이 불러주는 운송장 번호를 컴퓨터 프로그램에 입력해 조회했다. 곧 주소가 검색되었다.

"보내시는 분은 윤포시 율동 윤포아파트네요. 3동 506호. 이름은 허수연 씨."

드디어 그림의 원래 주인을 찾을 수 있을 것 같았다.

6

506이라는 푯말이 붙은 문을 지혁은 올려다보았다. 긴장
감이 몸을 옥죄고 있었다. 그래도 확인해야 한다는 생각이
그를 강력하게 지배하고 있었다.

택배회사에서 휴대폰 번호도 알아냈으니 전화를 먼저 걸
어볼 수도 있었다. 그러나 잘못하면 의심을 살 수 있다. 자
신의 신분을 밝히면 보이스피싱을 우려해 경찰청으로 전화
를 걸 수도 있었다. 그렇게 되면 그림의 뒤를 쫓는다는 사실
을 구관용에게 들킬 수 있었다. 그건 지혁이 바라지 않는 일
이었다.

긴장되는 마음을 억누르며 초인종을 눌렀다. 귀에 익숙한
음악이 울렸으나 안에서는 아무런 인기척도 들려오지 않았
다. 한 번 더 눌러보았으나 마찬가지였다. 시간을 확인했다.
저녁 8시. 웬만한 직장인이면 이 시간에는 집에 있을 거라
고 생각했는데 아닌 모양이었다. 언제 돌아올지 모르는 사
람을 언제까지고 기다릴 수는 없는 노릇이다. 게다가 전화
번호도 알면서 마냥 집 앞에서 기다리고 있는 경찰을 그쪽
에서 신뢰할지도 의문이다.

어떻게 해야 할까 생각하고 있는데 엘리베이터 문이 5층에서 열렸다. 안에서 나온 사람은 40대 후반 정도로 보이는 여성으로 마트의 상호가 찍힌 비닐봉지를 들고 있었다. 그녀는 엘리베이터에서 걸어 나오면서 지혁을 흘깃 보았다. 지혁은 그녀가 506호의 허수연이길 바라는 마음으로 응시했으나 틀린 생각이었다. 그녀는 505호 앞으로 가서 몸으로 스마트키 버튼을 가리고 비밀번호를 눌렀다.

"저……."

지혁이 말을 걸자 그녀는 놀란 눈으로 뒤돌아보았다.

"혹시 여기 506호 사시는 분을 아시나요?"

앞집이라면 알 수도 있다. 기대에 찬 지혁의 얼굴을 여자는 의심스러운 얼굴로 쳐다보았다.

"무슨 일이세요?"

지혁은 얼른 주머니에서 경찰 공무원증을 꺼내 보였다. 여자의 얼굴이 조금 누그러졌다. 의심이 사라진 자리에는 호기심이 서렸다.

"506호를 찾아왔는데요."

"무슨 일인데요?"

여자가 다시 물었다. 지혁은 곤란한 기분이 들었지만 설명하지 않으면 안 된다고 생각했다.

"조사 관련한 사항이라 자세히 설명해드릴 수는 없습니다. 그렇다고 이 댁에 사시는 분이 사건에 연루된 것은 아니고요. 중고로 매매하신 물건에 대해 여쭈려고 합니다."

여자는 약간 실망하는 듯했다. 무슨 사건이라도 나길 바란 사람 같았다.

"지금 506호에 사람 없을 거예요. 아줌마 혼자 사는데, 일할 시간이거든요."

"어디서 일하시는지 아시나요?"

여자는 잠깐 생각하더니 들고 있던 봉투를 들어 보였다.

"여기서 일해요. 캐셔로."

새로아 마트. 지혁은 봉투에 적힌 글자를 읽고는 여자에게 감사하다며 고개를 숙였다. 마트의 위치는 인터넷으로 찾아보면 금방 알 수 있다. 지혁은 엘리베이터 쪽으로 몸을 돌렸다. 여자는 자신의 집으로 들어가기 위해 문을 열었다. 순간 갑자기 든 생각 때문에 지혁이 그녀를 불렀다.

"저……."

여자가 돌아보았다.

"앞집에 무슨 일이 일어난 적은 없습니까?"

"네?"

여자가 미간을 살짝 찡그리고는 의문스럽다는 듯 지혁을 보았다. 지혁은 설명할 길이 없어 그녀를 응시할 수밖에 없었다. 혹시 살인사건이 일어나지는 않았느냐고 물어볼 수는 없는 노릇이다. 여자는 잠깐 생각하더니 대답했다.

"혼자 사시는 분 집에 무슨 일이 있겠어요. 그 집 아줌마 조용해요."

새로아 마트는 윤포아파트의 정문 맞은편에 위치해 있었다. 주로 아파트 주민들을 상대로 영업하는 것 같았다. 꽤 큰 규모의 슈퍼였다. 계산원이 세 명이나 있었다. 문 쪽에서 가장 가까운 곳에 있는 직원에게 다가갔다. 경찰이라고 대뜸 밝히는 건 좋지 않을 것 같다는 생각이 들었다. 괜한 소문이 돌아 허수연을 곤란하게 할 수도 있는 것이다.

"여기 허수연 씨라고 계시나요?"

"허수연?"

직원은 잠깐 생각하더니 금방 아, 하고 작은 소리를 냈다.

"언니! 도우미 언니!"

지혁은 여자가 보고 있는 쪽을 향해 시선을 옮겼다. 자율 계산대 쪽에 마트의 이름이 적힌 조끼를 입고 있는 여자가 이쪽을 향해 몸을 돌렸다. 작은 키에 통통한 체격, 서글서글한 인상이었다. 지혁은 여자에게 감사하다는 뜻으로 고개를 숙여 보이고는 곧장 허수연에게로 갔다.

"허수연 씨?"

"그런데요?"

"잠깐 얘기 좀 나눌 수 있을까요?"

"누구신데요?"

지혁은 다른 사람의 눈에 띄지 않게 경찰 공무원증을 꺼내 보였다. 허수연이 인상을 찡그렸다.

마트 뒤편에 서 있는 지혁에게로 허수연이 다가왔다. 허수연이 밖에 나가서 이야기하자고 한 것이었다. 마트 조끼는 그대로 입고 있었다.

"이미 그건 끝난 사건 아니에요?"

심장이 강하게 뛰었다. 역시나 뭔가 사건이 있었다.

"마티스의 모사화를 무료 나눔 하신 적 있죠? 〈피아노 레슨〉이라는 그림의."

허수연이 멍한 표정을 지었다. 지혁은 휴대폰으로 그림을 검색해 보여주었다. 허수연이 금세 알아보고 고개를 끄덕였다.

"이 그림 왜요? 혹시 비싼 거예요?"

약간의 기대감이 그녀의 얼굴 위에서 일렁였다.

"아닙니다. 모사화라 1, 2만 원이면 살 수 있는 거죠."

그녀는 금방 실망하는 기색이었다. 감정을 가감 없이 드
러내는 솔직한 성격인 것 같았다.

"그런데 그게 왜요?"

"혹시 이 그림의 주인이 본인이십니까?"

"아뇨. 언니 건데요."

"언니분은 어디에 사시나요?"

둥그런 눈으로 허수연이 지혁을 보았다. 얼굴이 조금 굳
어 있었다.

"그 일을 알고 온 거 아니에요?"

"그 일이라면?"

"경찰 맞아요?"

그의 신분을 확인하려 들면 곤란하다. 지혁은 곧장 말
했다.

"맞습니다. 저는 그림 때문에 영인에서 왔습니다. 영인으
로 무료 나눔 하셨던데요."

"맞아요. 제가 쓰레기봉툿값이나 아끼자는 생각으로 이것저것 중고 어플에 올렸죠. 언니 짐을 제가 처분해야 했거든요. 집이 가까우니까 형제 중에 저 말고는 할 사람이 없었어요."

허수연이 그를 보았다.

"언니는 죽었어요."

심장이 쿵, 내려앉았다.

"어떻게 돌아가셨는지 여쭤봐도 될까요?"

허수연은 조끼를 툭툭 털며 말했다.

"그 얘긴 길게 하고 싶지 않아요. 더 알고 싶으신 게 있으면 여천경찰서 가서 물어보시면 되겠네요."

허수연은 단호히 안으로 들어갔다.

여천경찰서까지 가서 물어볼 필요는 없었다. 허수연의 말로 원래 그림의 소유주는 여천시에 살고 있었다는 걸 확인했다. 지혁은 선 채로 핸드폰을 열었다. 여천시, 살인사건으로 검색하자 그가 예상하는 기사가 떴다.

20대 남성 친모 살해, 취업하라는 잔소리에 살해했다고 밝혀

이제야 확실해졌다. 그 그림은 살인을 부른다.

7

출근하자마자 지혁은 구관용의 자리로 갔다. 구관용은 훨씬 더 일찍 출근해 전날 올라온 보고서를 읽고 있었다. 지혁이 가까이 다가가자 구관용이 고개를 들었다.

"어이구, 우리 분석관님, 일찍 출근하셨네요?"

시간은 아직 9시도 되기 전이다. 지혁도 늦게 출근한 것은 아니다. 하지만 구관용은 매번 자신보다 늦게 출근한 직원들에게 비아냥댔다. 지혁도 그걸 모르는 것은 아니다. 일찍 출근할 수도 있지만 선욱의 등교를 위해 아침을 차려주고 출근 준비를 하다 보면 시간이 촉박하다. 사정을 알면서도 구관용은 늘 이런 식이다.

"하긴."

구관용은 보고서를 덮으면서 말했다.

"싱글 대디 사정을 내가 봐줘야지, 안 그래?"

사무실에 묘한 적막이 가라앉았다. 이미 출근해 있던 직원들의 얼굴이 어색하게 굳어 있다. 다들 구관용의 말이 지나치다는 걸 알고 있다. 그렇지만 지적하고 나설 사람은 없다. 구관용은 늘 이런 식이니까 오늘도 또 저런다고만 생각할 뿐이다.

"김윤철 사건, 오늘 PCL-R 검사 진행합니다."

"빨리빨리 분석해서 결과 나오는 대로 보고서 올려. 굼벵이처럼 기어다니지 말라는 말이야. 이런 일 늦게 발표되면 청장님한테 말 듣는 건 나라고, 알았어?"

"네, 알겠습니다."

지혁은 고개를 숙여 묵례하고는 몸을 돌렸다. 그 뒷덜미를 구관용의 말이 잡아챘다.

"아, 그리고 말이야."

지혁이 몸을 돌렸다.

"오늘 저녁에 시간 되나?"

지혁은 대답 대신 구관용의 얼굴을 보았다. 구관용이 벙긋 웃었다.

"지난번에 내가 말했지? 우리 영서가 이번에도 전교 1등을 한 거."

"축하드립니다."

"그래서 작게나마 축하 자리를 마련해줄까 하는데, 자네도 시간 되면 아들 데리고 오지?"

지혁은 가슴 안쪽이 딱딱하게 뭉치는 듯한 기분을 느꼈다.

"가족끼리 하시는 게……."

구관용은 너털웃음을 터트렸다.

"축하해줄 사람이 많은 게 좋지 않은가. 그리고 자네 아들도 이번에 역시 좋은 성적을 얻었다던데, 같이 축하해주면 좋잖아. 애들도 그렇고 우리도 그렇고 이게 보통 사인가, 어디? 게다가 자네 아들도 훨씬 우수한 친구를 두면 여러모로 도움도 받을 수 있잖아."

지혁은 자신의 부하고, 지혁의 아들은 자신의 아들 뒤를 매일 쫓는 만년 2등. 그런 얘기를 하고 싶은 건가? 지혁은 숨을 들이쉬었다. 같이 축하해주고 싶은 게 아니라 자신의 우월함을 느끼고 싶다는 마음이 구관용의 얼굴 위에서 번들거렸다. 지혁은 살짝 주먹을 쥐었다.

"그러죠."

"그래, 내가 특별히 맛있는 거 해놓으라고 할게. 자네 아들도 여자가 차려주는 따뜻한 밥상 받아보고 싶을 거 아닌가."

어쩌면 그 자리에서 소리를 질렀을지도 모른다. 아내와 이혼한 아픔을 뻔히 알면서 하는 말이다. 평소라면 더 이상 참지 못하고 주먹을 날렸을 수도 있다. 그러나 그런 짓은 하지 않는다.

"네."

지혁은 고개를 숙여 인사하고는 자신의 자리로 돌아왔다. 직원들이 그의 눈치를 보며 고개를 숙였다.

그는 컴퓨터를 켜고 휴대폰을 주머니에서 꺼냈다. 전화를 걸려던 찰나 휴대폰이 울렸다. 발신인은 박도훈 형사였다. 그러잖아도 전화를 할 참이었다.

"안녕하세요?"

전화를 받자 박도훈 형사의 목소리가 들려왔다.

―안녕하세요? 박도훈입니다.

지혁은 구관용 쪽을 보았다. 구관용 역시 누군가와 통화를 하고 있었다. 기분이 좋은지 입을 쩍쩍 벌려가며 웃고 있다.

"네."

―김윤철 사건 증거물 더 보실 것 없으시죠? 이제 조사가 다 끝나서요.

"유가족이 돌려받습니까?"

나직한 한숨 소리가 들려왔다.

―다 버리라고 하더라고요. 어차피 돈 될 건 없으니까 챙겨가서 뭐 하겠어요.

알겠다고 대답하고 지혁은 전화를 끊었다. 그러고는 보고도 하지 않고 곧장 사무실을 나왔다. 구관용은 신이 나서 전화를 하느라 지혁이 나가는 것도 알지 못했다.

그날 저녁 지혁은 구관용의 집 앞에 차를 세웠다. 구관용의 집 담 너머로 꽤 높이 솟은 2층 건물이 보였다. 지혁은 그 건물을 올려다보며 휴대폰의 통화 버튼을 눌렀다.

―왜.

선욱이 전화를 받았다. 평소보다 더 무뚝뚝한 목소리다. 화가 나 있는 것 같기도 했다. 지혁이 뭐라고 하기도 전에 선욱이 먼저 말을 이었다.

―구영서 그 자식 집에 같이 가자는 거면 난 싫다고 말했어. 부하 노릇은 아빠나 해.

선욱의 목소리에 적개심이 강했다. 그건 그냥 매번 1등을 놓쳐서 생기는 질투가 아니었다. 이집사. 이등에 집착하는 사람을 줄여서 부른 거라고 했다. 2등에 집착하는 것이 아니면 그렇게 허구한 날 2등만 할 수 있겠냐고 비웃었다고 했다. 그런 별명을 선욱에게 붙인 것은 영서였다. 선욱의 다이어리에서 그 사실을 읽었을 때 피가 거꾸로 솟는 것 같았다.

"부모는."

지혁은 크게 숨을 들이쉬었다. 절대 지금의 결정을 무르지 않을 거라는 다짐이었다.

"자식을 위해서라면 뭐든지 할 수 있어."

—뭐래.

퉁명스럽게 말한 선욱이 잠시 틈을 뒀다가 이상하다는 듯 물었다.

—무슨 일 있어? 내가 거기 안 가서 화났어?

"아니."

별일이네, 라며 선욱이 전화를 끊으려 했다. 지혁이 그를 불렀다.

"선욱아."

대답은 하지 않았지만 선욱은 전화를 끊지 않았다.

"아직도 1등이 하고 싶어?"

―무조건.

"그래."

지혁은 전화를 끊었다. 그러고는 차에서 내렸다. 뒷좌석 문을 열어 미리 준비한 선물을 꺼냈다. 구관용의 집 대문 앞에 서서 벨을 눌렀다. 잠시 후 기계음과 함께 대문이 열렸 다. 안으로 들어갔을 때 구관용이 나와 그를 맞이했다. 옆 에 선 구영서도 보였다. 그 아이는 인사도 하지 않은 채 꼿 꼿이 서서 그를 보고 있었다.

"아니, 자네 아들은 같이 안 왔고?"

"배가 아프니까 안 왔겠지."

"영서야."

말을 막는 것처럼 아들의 이름을 불렀지만 구관용의 목 소리에 혼내는 기색은 없었다. 지혁은 그저 웃었다. 그는 손 에 들고 온 선물을 내밀었다.

"아, 뭐 이런 걸 다."

"그림입니다. 영서 방에 걸어놓으면 좋을 것 같아서요."

"그림?"

"마티스의 〈피아노 레슨〉이라는 작품입니다."

영인경찰서 폐기물처리장에서 주워온 것이지만 구관용은

알지 못할 것이다. 거기에 묻은 핏자국도 지웠으니 거리낄
건 없다. 지혁이 이 집에 들어와 처음으로 웃었다.

'아는 만큼 보인다'는 말을 물론 알고 있다. 그래도 예술, 특히 미술은 보는 사람이 느끼는 감정이 맞는 거라고 생각한다. 작가가 무슨 뜻으로 그 그림을 그렸든지 간에 그것을 향유하고 느끼는 것은 철저히 보는 사람의 것이라고 생각한다.

그래서 처음 마티스의 그림을 주제로 앤솔러지를 제안받았을 때 그림에 대해 공부하지 않겠다고 생각했다. 그러고 나서 마티스 그림을 찾아보는데 이 〈피아노 레슨〉이 눈에 들어왔다. 제목 때문에 레슨을 받고 있다는 것은 알겠는데 피아노 앞에 앉은 소년은 피아노가 아닌 정면을 무표정하게 바라보고 있다. 그리고 뒤에 앉은 여자는 높은 의자에 앉아 있다. 그것이 소년이 느끼는 위압감처럼 생각됐다. 그 생각이 성적에 압박을 느끼는 요즘 학생들에게로 이어진 것은 자연스러운 일이었다. 그리고 그 압박이 어떤 형태로 변질되는지, 그것이 무슨 문제를 일으키는지에 대해 생각했다.

하지만 물론 이 소설 역시 어떻게 느끼든 독자 여러분의 것이다.

유서

×

조영주

● **이카로스**, 1947, 프랑스 퐁피두센터

어서 도망쳐!

나처럼 되기 전에 도망치라고!

아직도 내가 저지른 짓을 믿을 수 없다. 내가 사람을 죽이다니. 게다가 사람을 죽이고 나자 그토록 안 써지던 글이 간절히 쓰고 싶어지다니…….

지금 나는, 유서를 쓴다. 노트북을 펴서 마지막 퇴고를 본다. 이 글을 완성하고 나면 경찰에 전화해 모든 걸 자백할 셈이다.

3년 전, 내가 쓴 장편소설로 문학상을 수상했다. 상금은 일억 원. 하지만 나는 문학상 수상의 영예보다 함께 온 시상식 안내문에 더 설렜다.

시상식날에는 심사위원 전원이 참석합니다.

그 말은 곧, 조남정도 온다는 이야기였다.

조남정은 스물두 살의 나이에 나와 같은 문학상으로 데뷔와 동시에 스타덤에 올랐다. 이후 에세이만 썼으나, 인기가 대단했다. 그의 외모 덕이다. 조남정은 키가 181센티미터가 넘는다. 균형 잡힌 탄탄한 체격에 패션 센스가 좋다. 가끔 패션지에 화보가 실리기도 한다. 이런 조남정과 만날 기회가 왔다. 그것도 내 시상식 날에!

시상식 날, 나는 무척 긴장했다. 조남정과 대화를 하고 싶어 안달이 난 탓이었다. 그런데 조남정이 먼저 아는 체를 해왔다.

"윤해환 작가님, 맞죠? 작품 너무 재밌게 봤어요. 사인해주세요!"

나는 얼굴이 시뻘게져서 덜덜 떨며 사인을 했다.

태어나서 첫 사인입니다. 영광입니다.

윤해환

"작, 작가님! 언제 저도 사인을 받을 수 있을까요!"

"그래요, 시간 나면 우리 만나요!"

왜 이 말을 하며 명함을 건네지 않았을까. 아니, 바로 약속을 잡을 생각조차 못 했을까. 이후 나는 조남정과 재회하기 전까지 그에게 전화번호를 따야 했다고, 아니면 조남정의 책을 갖고 시상식에 갔어야 했다고 두고두고 후회했다.

한편으로는 다행이라는 생각도 있었다.

이야기해봤자 차였으리라. 당시의 나는 170센티미터에 몸무게는 90킬로그램에 육박하는 거구였다. 아르바이트를 하며 문학상에 투고할 때라 늘 지갑 사정이 안 좋았다. 새로 옷을 살 여유가 없었다. 시상식에도 평소 입던 옷들 중 가장 깨끗한 걸로 골라 입고 왔다. 이런 내가 만나자고 했다면 조남정이 과연 만나줬을까? 약속은 잡는다고 하더라도 핑계를 대서 중간에 깨지 않았을까?

나는 다이어트를 결심했다. 조남정이 언제 연락을 해올지 몰랐다. 조금이라도 그에게 어울리는 사람이 되고 싶었다. 다이어트 캠프에 입소해 반년을 지냈다. 170센티미터에 53킬로그램을 달성했다. 바로 명품 옷과 가방, 구두를 장만했다. 차도 샀다. 힘들게 글을 써서 번 상금을 이런 데 쓰자니 손이 떨렸지만 참았다. 혹시 길에서 조남정을 우연히 마주칠지도 모른다고 생각하면 당연한 투자였다.

어딜 가든 조남정의 대표작 《검은 인간》을 들고 다녔다. 혹시 그가 갑자기 전화를 해온다면, 우연히 마주치기라도 한다면 사인을 받기 위해서였다. 아, 물론 얼굴에도 살짝 손을 댔다. 눈을 살짝 째고 코끝에 주사를 맞았다. 하지만 이 정도는 성형수술 축에도 들지 않는다고 생각한다. 뭣보다 이 정도는 해줘야 조남정의 옆에 서도 그가 나를 창피하게 여기지 않을 것 같았다.

마침내, 정말, 조남정과 우연히 만나는 그날이 오고야 말았다. 작년 10월 있었던 문학상 예심 프레젠테이션에 조남정도 있었다. 예심 심사위원은 철저히 비밀에 부쳐졌던 터라 약속 장소에 가서야 이 사실을 알았다. 나는 조남정이 너무 변한 내 외모 탓에 날 못 알아볼까 조마조마했다. 그런데 그가 나를 보자마자 바로 활짝 웃으며 다가와 물었다.

"윤 작가님 맞죠? 와, 멋있어졌어요."

조남정은 처음 만났을 때와 마찬가지로 먼저 아는 체를 해왔다. 나는 그가 단번에 날 알아봤다는 사실에 감격하면서 좀 씁쓸했다. 예전의 못난 나는 완벽하게 지웠다고 생각했다. 그런데 그가 알아봤다는 건 아직도 내가 부족하다는 뜻 아닐까.

나는 일단 가방에서 책부터 꺼내 내밀었다.

"작, 작가님! 사인해주세요!"

"어휴, 물론이죠."

조남정은 활짝 웃으며 바로 사인을 해줬다.

"그런데 오늘 나 만나는 거 알았어요? 어떻게 책을 갖고 왔어?"

"그, 그러게요……."

매일 조남정의 책을 갖고 다녔다고 말하면 이상하게 볼까 봐 말을 돌렸다.

　　　윤해환♡작가에게 사랑을 담아

　　　　　　　　　　　　　　　　　　　　　조남정

조남정은 사인을 해서 건네더니 바로 핸드폰을 꺼내 들었다.

"번호가 뭐예요?"

역시 내 전화번호 없구나.

나는 상처받지 말자고 스스로를 위로하며 내 번호를 읊었다. 그는 내 번호를 입력하자마자 바로 전화를 걸어왔다.

"이게 내 전번. 저장해요."

내 핸드폰에 낯선 번호가 찍혔다. 나는 바로 저장했다.

"네, 네! 작가님!"

"작가는 무슨, 그냥 선배라고 불러요. 우리는 같은 문학상 탄 사이잖아?"

"네, 선배님!"

내일 저녁 같이 먹을래요? ^^

그날 밤, 바로 조남정은 메시지를 보내왔다. 물론, 나는 거의 비명을 지를 듯 좋아했다.

다음 날 나는 내가 가진 옷 중 가장 비싼 코트와 가방, 구두를 신고 차를 몰고 나갔다. 마음 같아서는 술을 함께 마실 때에 대비해서 차는 안 가져 가고 싶었으나, 참았다. 처음 만났을 때부터 술을 마시는 건 없어 보인다는 언젠가 본 유튜브의 영상을 떠올렸다. 나는 그에게 괜찮은 여자로 보이고 싶었다. 다시 만나고 싶어지는, 자연스럽게 사귀는 사이가 되는, 그런 관계가 되고 싶었다. 첫 번째 만남은 가볍게 식사를 하고 차를 마시는 정도로 끝났다. 이것 역시 언젠가 유튜브에서 본대로 딱 세 시간의 베스트 타임을 지켰다. 그는 나를 집에 데려다주고 싶어 했지만 결단코 사양했다. 처음 만난 날 배웅을 받는 게 마음에 걸리기도 했고, 내가 사는 집이 창피하기도 했다. 나는 서울 외곽의 40년 된 원룸형 아파트에서 혼자 살았다. 전세도 아니고 월셋집인데다 집세도 몇 달이나 밀려 있었다. 다이어트며 갖은 명품 구매 탓이었다. 느낌이 좋은 데이트였으니 바로 다음 데이트를 할 줄 알았다. 하지만 조남정은 계속 약속을 파투 냈다. 애가 타긴 했지만 어쩔 수 없었다. 매달리면 없어 보일까 염려스러웠다. 다시 만난 건 석 달 후였다. 이날, 우리는 처음으로 단둘이 술을 마셨다. 그는 나를 자신이 자주 가는 곳이라며 강남의 한 바로 데리고 갔고, 우리는 능숙한 솜씨를 자랑하는 바텐더가 권하는 칵테일을 홀짝이며 서로의 작업에 대해 이야기했다.

"차기작은 어떻게 되어가요?"

"잘 써지지 않아요."

"소포모어 징크스?"

"선배님은 절대로 이해 못 하실 거예요. 글이 안 써지는 게 어떤 기분인지."

"놀리시는 거죠? 저도 첫 소설 이후로 없는데요?"

"하지만 선배님의 《검은 인간》은 세계적인 베스트셀러가 되었잖아요. 그렇다면 차기작이 안 나와도 상관없죠. 저는 히트는커녕 중쇄도 못 했어요."

"《82년생 김지영》의 작가 이름, 알아요?"

"조남주 작가죠."

"그런데 사람들은 말이죠, 작가 이름이 김지영인 줄 안대요."

"말도 안 돼."

사실 그런 소문을 들은 적이 있었다. 사람들이 소설을 안 보고 영화만 알거나, 제목만 알기에 일어난 해프닝이었다.

"아니, 말이 돼요. 왜냐하면 나도 그런 일을 겪었거든. 사람들은 말이에요, 《검은 인간》의 작가가 김인우라고 생각해요."

조남정의 소설 《검은 인간》은 동명의 미디어아트 〈검은 인간〉에서 영감을 얻어 적은 이야기다.

백남준의 미디어아트를 떠올리게 하는 거대한 텔레비전 더미, 그러한 텔레비전 더미에 똑같은 화면이 연속해서 보인다. 검은 종이로 만든 등신대의 인간이 서 있다. 어디선가 거대한 가위가 다가온다. 거대한 가위는 검은 종이 인간의 가느다란 허리를 싹둑, 단번에 잘라버린다. 상체만 남은 검은 종이 인간……. 카메라는 시선을 바꿔 가위를 든 인간을 비춘다. 가위를 든 남성이 휠체어에 앉아 있다. 그가 바로 김인우, 하반신 불구가 된 자신을 투영한 작품 〈검은 인간〉을 발표했을 당시 23세였던 젊은 작가다.

조남정은 이 작품을 모티브 삼아서 소설로 적었다. 한 남자가 한쪽 다리가 사라지고 없는 형태로 살해당한다. 희한하게도 살인 현장에서 그와 같은 형태로 다리 한쪽이 없는 검은 종이 인간이 발견된다. 그 외의 단서는 전혀 없는 상황에서 또 다른 피해자가 발견된다. 이번 피해자는 두 동강이 났다. 상체만 남았다. 그런 피해자 곁에는 또다시 상체만 남은 인간 형태의 검은 종이가 놓여 있다. 출판사는 시너지 효과를 노렸다. 김인우의 개인전과 조남정의 출간을 같은 날짜에 잡았다. 의도는 적중했다. 《검은 인간》은 9시 뉴스에 실릴 정도로 화제가 되었다. 모든 게 잘 풀리는 것 같았으나 뉴스에서 방송 사고가 났다.

"소설은 인간을 위한다는 말이 있습니다. 이 소설을 보면 그 말이 제격이구나, 싶습니다. 열일곱 살의 나이에 반신불수가 된 김인우, 소설 《검은 인간》에는 그를 투영하는 오브제가 등장합니다."

기자는 조남정의 이름을 전혀 언급하지 않았다. 연달아 김인우의 작품과 휠체어에 탄 그의 모습을 보일 뿐이었다. 사람들은 김인우가 소설가라고 오인했다. 자신의 인생을 보여주는 듯한 김인우의 작품에 홀렸다. 얼마 지나지 않아 김인우는 부르는 게 값인 세계적으로 유명한 예술가가 되었다.

　"저는 20년이 넘게 소포모어 징크스를 앓고 있습니다. 《검은 인간》에게 영혼을 판 대가를 치르고 있다고 해야 할까요……."

　조남정의 사정은 이해가 됐지만 불쌍하지는 않았다. 그는 자금 문제는 없으니까.

　나는 간당간당한 수준으로 버티고 있었다. 지난 2년 사이 상금은 모두 까먹어버렸다. 야심 차게 쓴 데뷔작은 저작권도, 해외 출간도 모두 성사되지 않았다. 이제 내게 남은 건 차기작뿐이었다. 어떻게든 다음 작품으로 히트를 쳐야 했다. 하지만…… 무엇을 쓰려고 해도 누군가 쓴 글 같았다. 언젠가는 영감이 와서 단번에 마구 써내렸지만 다음 날 보니 엉망진창이었다. 도저히 안 되겠기에 유명 작가의 글쓰기 수업에도 가봤지만 도움이 되지 않았다. 데뷔작으로 뇌가 텅 비어버린 것 같았다. 최근엔 그게 내 재능의 전부였을 지도 모른다는 생각이 들 정도였다.

"부속물이라도 좋으니 어떻게든 쓰고 싶네요. 쓸 수만 있다 면 검은 인간, 아니…… 악마에게라도 영혼을 팔고 싶군요."

조남정이 내 말에 고개를 돌렸다. 나를 그윽한 표정으로 바라보더니 손을 내 얼굴로 향했다. 손등으로 내 뺨을 살짝 어루만지더니 말했다.

"악마를 만나보겠어요?"

이 순간, 그가 내게 죽으라면 나는 죽었을지도 모른다. 그 만큼 그의 목소리가 너무나 그윽했다. 하지만 그의 제안은 죽으라는 것보다 훨씬 달콤했고, 내게 이득이었으므로 나 는 꺼질듯한 목소리로 "네"라고 대답할 수밖에 없었다.

이날의 조남정은 당장이라도 나와 김인우를 만나게 해줄 것 같았다. 나는 그날을 기대했다. 그러면 영감이 다시 올 것 같았다. 하지만 이후 다시 김인우의 이야기가 우리 사이 에 등장하는 일은 없었다. 조남정은 계속해서 약속을 미뤘 다. 미적지근한 그의 태도는 우리 사이 같았다. 우리는 한 달에 한 번 만나는 미묘한 사이, 이른바 '썸'만 타고 있었다.

언젠가부터 그런 생각이 들었다. 그는 나를 어장 속 물고기라고 생각하는 걸지도 모른다. 나는 어장에 걸려 퍼덕거리다가 결국 흐지부지될 것이다. 그렇게 갖은 생각에 빠진 상태로 어떻게든 글을 쓰려고 애를 쓰던 즈음, 다시 김인우의 이야기가 나왔다.

"김인우 만나볼래요?"

"누구요?"

너무 갑작스러운 제안이라서 나는 순간 알아듣지 못했다.

"김인우. 검은 인간."

"아, 네. 네."

"메시지 보낼게요."

그렇게 김인우와의 약속이 잡혔다.

일주일 후, 김인우의 작업실로 향했다. 그의 작업실은 을지로 인쇄골목의 오래된 건물 3층에 있었다. 얼핏 보아 지은 지 40년은 족히 된 듯한 시멘트 건물이었다.

건물 앞에는 이미 조남정이 마중을 나와 있었다.

"와, 작가님. 오늘 정말 멋진데요?"

나는 조남정의 칭찬에 안심했다. 전날부터 무엇을 입을까 고민했다. 한참 고민 끝에 고른 것은 신상 샤넬 백과 그에

걸맞은 명품 정장이었다. 명품으로 치장하면 속물처럼 보일까 걱정스러우면서도, 오늘 처음 만날 김인우의 네임 밸류를 생각한다면 이 정도는 맞춰야 할 것 같았다.

건물에는 엘리베이터가 없었다. 나는 조남정을 따라 계단을 올랐다.

"김인우 씨는 왜 이런 곳에서 작업을 하세요? 엘리베이터 있는 건물이 훨씬 편하실 텐데. 주변 도로도 휠체어로 다니자면 부담스러울 테고."

"노린 겁니다. 인우의 작업실에는 외부와 연락할 수 있는 도구가 일절 없습니다. 전화는 물론 인터넷도 안 되죠. 작업에 돌입하면 휠체어도 치웁니다. 그래야 동생은 말 그대로 작업과 하나가 될 수 있거든요."

남정은 303호 앞에 발을 멈췄다. 다른 사무실들과 달리 303호 앞에는 아무런 표식도 없었다. 낡은 철문에는 자물쇠가 3개나 달려 있었다. 하지만 잠겨 있지는 않았다.

"강제성 때문에."

남정이 변명하듯 말했다. 나는 어색하게 웃으며 알았다는 뜻을 전했지만, 자물쇠로 자꾸 시선이 가는 건 멈출 수 없었다. 그래서 문이 열리며 비명에 가까운 고함을 들렸을 때

더 심하게 놀랐으리라.

방음장치가 단단히 된 작업실 바닥, 김인우가 휠체어와 함께 쓰러져 있었다. 김인우는 한 손에 가위를 들고, 다른 한 손에는 종이를 쥔 채 고래고래 소리를 질렀다.

"가까이 오지 마!"

김인우가 손에 잡히는 대로 물건을 던졌다. 놀란 남정이 급히 문을 닫자마자 낯선 적막이 찾아들었다. 남정은 서둘러 차례로 자물쇠를 채우고 내 등을 떠밀며 그 자리를 피했다.

"상당히 작업에 심취했나 봐요. 몰입을 지나치게 하면 가끔 저런 반응을 보입니다. 양해해주세요."

오래된 형광등 불빛이 점멸하는 계단을 내려가는 내내 남정은 변명을 해댔다. 웃으며 괜찮다고 대꾸했지만 속으로는 달랐다. 나는 김인우의 천재성에 지독한 질투를 느끼고 있었다. 글을 쓸 때 가장 큰 적은 나 자신이다. 새하얀 화면을 보면 가끔 아무 생각도 나지 않는다. 아무것도 적을 수 없다는 두려움이 샘솟으면 당장이라도 벌떡 일어나 도망치고 싶다. 김인우는 이런 기분을 모르겠지. 나도 광기에 휩싸여 쓰고 싶다. 명작을 낼 수 있다면 자물쇠가 달린 방에 갇

혀도 상관없다…….

　김인우와의 다음 만남은 석 달 후에야 진행할 수 있었다. 그 사이 나는 남정이 약속을 갑자기 깨거나 미뤄도 눈 하나 깜짝하지 않았다. 적응을 해버렸달까. 아니면 내가 어장 속 물고기란 사실을 인정했달까. 나도 남정처럼 시간을 두고 연락하거나, 일부러 약속을 깼다.

　뜻밖에도 이게 통했다. 남정이 달라졌다. 약속을 잡고 어기지 않았다. 처음엔 한 달에 한 번꼴로 만나던 것이 점점 늘어나 김인우와 만날 무렵이 되었을 때엔 일주일에 한 번꼴로 꼬박꼬박 만나게 되었다.

　밀당에서 승리했다는 작은 희열을 만족할 때, 김인우와의 약속이 잡혔다. 여름 장마가 이어지다 딱 하루 갠 날이었다. 조남정이 내가 사는 동네의 지하철역까지 찾아오기로 했다. 그는 내 집으로 오고 싶어 했지만 극구 사양했다. 밀당에 승리했어도 그에게 내가 사는 아파트를 보이는 건 두려웠다.

　이제 나는 월세가 밀려 집주인에게 독촉마저 당하고 있었다. 집주인은 거의 매일 우리 집을 찾았다. 월세를 언제

줄 거냐고, 나가라고 닦달을 했다.

어떻게든 차기작 계약을 해야만 했다. 그게 아니라면, 그 수준의 돈을 어디선가 받아내야만 했다. 차기작 계약은 먼 미래의 일 같으니 가장 가능성이 있는 건 조남정이었다. 조금만 더 나에게 빠져들면 그가 내 월세 정도는 내주지 않을까. 그 정도면 그에겐 한 달 용돈 수준일 테니까 조금만 더 친해지면 어떻게든…….

내 생각을 끊듯 이제는 익숙해진 람보르기니가 다가오는 소리가 났다. 조남정이 보조석의 차문을 열어주며 말했다.

"머리했어?"

"아, 네."

어제, 충동적으로 미용실에 가서 단발로 잘랐다. 원래는 긴 머리를 그대로 유지하려고 했으나, 긴 머리를 스타일링 하려면 너무 큰돈이 들어서 어쩔 수 없었다.

"잘 어울리네."

"감사해요."

나는 그의 말에 안심하며 보조석에 앉았다. 안전벨트를 꽉 맨 후 몇 번이고 체크했다.

"그럼 가볼까?"

"네, 가보죠."

나는 안전벨트를 양손으로 꽉 쥐었다. 잔뜩 긴장해 양 무릎을 곧추 세우기까지 했다. 남정은 이런 내 기분을 전혀 몰랐다. 바로 스피드를 내기 시작했다.

남정은 만남을 거듭할수록 차를 거칠게 몰았다. 이제는 나를 옆에 태우고도 아무렇지 않게 끼어들기를 반복하는 건 기본, 최근엔 교차로 신호등을 무시하기 일쑤였다. 그는 초록불이 노란불로 변하고, 그런 노란불이 빨간불로 변하는 순간을 좋아했다. 신호등이 빨간색으로 바뀌는 순간, 그는 일부러 내달렸다. 우리를 향해 경적을 울리는 사람들을 비웃었다. 이번에도 마찬가지였다. 그는 난폭운전을 계속했다. 추월당한 상대가 창문을 열고 욕설을 해도 콧노래를 흥얼거리며 무시했다. 한마디 하고 싶었지만 참았다. 지난번 만났을 때 지나가듯 "천천히 몰면 안 돼?"라고 말했더니 그의 표정이 싹 달라졌다. 남정은 "넌 날 이해하는 줄 알았는데"라고 말한 후 헤어질 때까지 입을 꾹 다물었다. 나는 그대로 남정과의 관계가 끝날까 봐 두려웠다. 그랬다가는 월세를 꿀 상대가 사라질 테니까⋯⋯.

30분도 채 되지 않아 목적지인 김인우의 작업실에 도착했다. 나는 곡예 운전에 멀미가 왔다. 차에서 내리면서 가볍게 휘청거렸다. 그러다 차에 손을 대고 말았다.

"지문."

남정이 바로 정색했다. 나는 허둥지둥 손을 뗐다.

"미, 미안. 미안해요."

"농담농담. 대신 내 팔짱을 끼라는 뜻."

이런 면 때문에 남정에게 끌렸다. 날카로운 말 뒤에는 꼭 유머러스한 다정함이 뒤따랐다.

"그런데 정말 괜찮을까요? 또 갑자기 영감이 왔으면 어떻게 하죠?"

"돈 워리, 이번에는 아예 문을 열어놓고 왔습니다. 그러니 별문제 없을 거예요."

남정의 말대로 김인우의 작업실은 활짝 열려 있었다. 나는 팔짱을 낀 채 작업실 안에 들어가려고 했으나, 남정은 작업실에 가까워지자 슬그머니 내 손을 놨다. 거리를 두고 작업실에 들어갔다.

"김인우, 형 왔다!"

김인우는 처음 봤을 때와 전혀 다른 평온한 표정으로 휠체어 위에 앉아 있었다. 그 옆에는 작업 중으로 보이는 작품이 있었다.

　침대 위 인간 대신 검은 그림자가 누워 있다. 실제 인간 사이즈로 자른 거대한 검은 인간의 가슴에는 칼이 꽂혀 있다. 검은 인간을 중심으로 꽃처럼 붉은 점이 핀다. 그림자는 서 있을 때 칼에 맞았으리라. 예상치 못한 상황에서 습격당했기에 허우적거리다 침대 위로 쓰러졌으리라. 그게 아니라면 춤을 추듯 한쪽 팔을 들고, 다른 팔은 늘어뜨릴 이유가 없다. 그림자가 쓰러진 침대 위, 밤바다처럼 깊고 푸른 침대보가 깔려 있다. 침대보에 노란 별이 번쩍인다. 크리스마스 전구를 이용한 장치다. 나는 검은 인간이 된 상상을 한다. 바다로 가라앉는 가운데 저 멀리 바다 위로 보이는 불빛들, 저건 주마등처럼 보이는 지상의 온기다. 다시 한번 김인우의 천재성에 강한 질투를 느꼈다. 내게 저런 재능이 있다면 당장 차기작을 계약하고 자금난에서 벗어날 수 있을 텐데⋯⋯.

　"처음 뵙겠습니다. 형이 신세를 지고 있습니다."

　"아, 아니에요. 덕분에 좋은 일도 있었고요. 그보다 작가님, 작품의 의미가 궁금하네요."

　"딱히 대단한 의미가 있는 건 아닙니다. 앙리 마티스의

〈이카로스〉를 오마주 했을 뿐입니다."

"이 녀석은 늘 이렇다니까. 뭘 해도 별거 아니래."

"정말 별거 아니니까 그러지. 형은 그 잘난 척 좀 적당히 해라."

"니가 겸손 그만 떨면 내가 잘난 척 그만 하마."

"반사."

"거울 반사."

"반사 거부."

둘은 어린아이처럼 티격태격했다. 나중엔 서로 주먹질도 툭툭 했다. 그들은 심히 가까워 보였다. 20년간 알고 지냈다고 하더라도 스킨십이 지나쳐 보였다. 남정은 아직 내게 키스를 할 생각도 없었다. 그런 남정이 김인우와는 자연스레 손을 잡거나 어깨를 뒤에서 안아주었다. 가장 신경이 쓰이는 것은 자물쇠의 열쇠……. 생각해보니 이상했다. 왜 남정이 작업실 열쇠를 갖고 있단 말인가? 내가 의심의 눈초리를 거두지 못하는 사이에도 그들의 다정한 대화는 이어지고 있었다.

"형, 저녁은 어떻게 할 거야?"

"글쎄? 나가서 먹을까 하는데."

"나도 같이 가도 돼? 괜찮을까요?"

"저는 상관없어요."

"좋아, 그럼 나가보자."

남정은 그렇게 말하더니 김인우에게 다가가 무릎을 꿇고 앉아 자신의 두 팔을 내밀어 보였다. 김인우는 익숙한 자세로 남정에게 안겼다. 이른바 공주님 안기 자세였다. 설마 저 둘…….

"혹시 형, 아직 말씀 안 드렸어?"

김인우가 내 표정을 눈치챈 듯 말했다.

"타이밍이 좀."

"저희 친형제예요. 김인우는 가명입니다. 실제 이름은 조남희예요."

"그, 그러시구나. 생각해보니 많이 닮으셨는데."

이곳에 거울이 있다면, 당황해서 시뻘게진 내 얼굴이 보였으리라.

"많은 분이 저희가 닮았다고 하시면서도, 형제라고는 생각을 못 하시더라고요. 가명을 써서 그런가 봐요."

김인우의 말에 나는 더욱 부끄러워졌다. 그가 차마 대놓고 말하지 않은 속뜻을 눈치챈 탓이다. 겉으로 보기에 닮았는데도 눈치채지 못한 까닭, 그건 내게 장애인에 대한 편견이 있는 탓이리라. 그리고 아마 다른 사람들 역시…….

건물 앞에는 벤틀리가 와 있었다. 운전기사가 기다리고 있다가 남정과 함께 김인우를 뒷좌석에 앉혀주었다. 남정이 보조석에 앉고, 나는 인우와 함께 벤틀리 뒷좌석에 앉았다. 차가 출발하고 얼마 지나지 않아 남정이 물었다.

"한식 괜찮지?"

"응, 좋아. 뭐든지."

"윤 작가는 어때요?"

"상관없어요."

남정의 말에 대답하는데 갑자기 손에 차가운 느낌이 들었다. 김인우의 손이 내 손에 닿아 있었다. 부담스럽다는 느낌에 슬그머니 빼려 했으나, 김인우는 내 손을 놔주지 않았다. 오히려 내 손을 뒤집어 자신과 맞잡게 했다. 그는 내 손바닥에 슬며시 작은 종이봉투를 쥐여줬다. 김인우가 왜 이런 행동을 하는지는 정확히 알 수 없었지만, 남정 몰래 내게 전하고 싶은 메시지라는 사실만큼은 확실했다.

벤틀리는 우리를 이태원의 유명한 음식점으로 데려갔다. SNS에서 본 유명한 음식점이었다. 음식 맛은 훌륭했다. 식사하는 중 자연스레 김인우의 가명 이야기가 나왔다.

"가족 뒤를 밀어준다는 오해를 받고 싶지 않았어요. 우리 둘 다 실력으로 승부하고 싶었으니까. 하지만 이젠 좀 후회 중입니다. 이 녀석이 이렇게 잘나갈 줄 몰랐으니까."

"그럼 이제 와서라도 형제라고 밝히던가."

"싫어! 안 그래도 내가 네 매니저인 줄 아는 사람 많거든? 네 친형인 거 알면 더 매니저인 줄 알 거 아냐!"

"에이, 좋으면서. 즐기면서."

"안 즐기거든?"

나는 티격태격하는 형제를 따듯한 마음으로 바라보면서도 한 손으로는 주머니에 넣어둔 검은 봉투를 자꾸 만지작 거렸다. 저녁 식사 후, 당연하다는 듯 남정은 나를 바래다주겠다고 했지만 마다했다. 그의 난폭운전이 두렵기도 했고, 김인우가 준 종이봉투의 내용물을 어서 확인하고 싶기도 했다. 벤틀리는 나를 근처 지하철역에 내려주었다. 나는 차에서 내리자마자 뒤도 돌아보지 않고 역 입구로 들어갔다. 계단을 내려가며 재빠르게 김인우가 준 종이봉투를 개봉했다. 하얀 종이가 들어 있었다. 단발머리 여성의 실루엣을 표현한 하얀 인간. 내가 단발인 걸 어떻게 알았지?

지난번 만났을 때 보고…… 아니, 그때는 긴 머리였다. 나는 어제 단발로 머리를 잘랐다. 그런데 대체 어떻게. 더 이상한 건 하얀 인간의 발목이었다. 발목 부분이 꺾여 있었다. 종이봉투에 잘못 접혀 들어간 탓일까. 나는 하얀 인간에 골몰하다가 그만 발을 헛디뎠다. 계단에서 나동그라졌다. 나동그라진 나의 모습은, 김인우가 내게 준 하얀 인간과 꼭 같은 형태를 하고 있었다.

이 일로 한 달간 드러누웠다. 남정은 이 소식을 듣자마자 바로 집을 찾아오겠다고 했다. 원래대로라면 오지 말라고 했겠지만, 이번에는 허락했다. 그에게 하얀 인간에 대해 묻고 싶었다.

바로 남정이 집을 찾았다.

"이런 식으로 해환 씨 집을 찾게 될 줄이야."

남정은 현관에서 신발을 벗으며 주변을 두리번거렸다. 슬리퍼를 신고 들어오자마자 보이는 식탁에 종이 가방을 올렸다. 코트를 벗어 식탁 의자에 걸치며 말했다.

"집이 아늑하네요."

"누추하죠."

우리는 식탁에서 서로를 마주 보고 앉았다. 나는 드립 커피를 두 잔 내려 서로의 앞에 놓은 후 한참 고민했다. 돈 이야기를 먼저 꺼낼까, 하얀 인간 이야기를 먼저 꺼낼까.

"혹시, 인우가 뭔가 준 적 없죠?"

뜻밖에도 남정이 선수를 쳤다. 나는 좀 놀랐다. 입고 있던 카디건 주머니에서 하얀 인간을 꺼내 보이며 조심스레 말했다.

"아, 안 그래도 어제 이런 걸 받았는데……."

종이 인형을 본 남정은 머그를 든 채 동작을 멈췄다. 너무 놀라 움직이는 걸 잊기라도 한 듯한 동작이었다. 그는 뚫어져라 하얀 인간을 바라보더니 거칠게 머그컵을 내려놓았다.

"개새끼."

그는 일전 내가 운전 태도를 지적했을 때와는 비교도 되지 않을 만큼 무시무시한 표정을 지었다. 나는 예상치 못한 반응에 놀라 눈을 동그랗게 뜨고 그를 바라보았다. 남정은 내 표정을 보고 아차 싶었던 듯 표정을 바꿨다.

"죄송합니다. 설마 그 자식이 또 이런 짓을 했을지는 몰라서 저도 모르게 욕설이 나왔네요."

"또 이런 짓을 했다뇨?"

"혹시 아실지 모르겠는데《검은 인간》쓸 때 이야기. 인우의 작품에서 큰 충격을 받아 소설을 적게 됐다고. 하지만 이제 보셔서 아시겠지만 많이 각색된 이야기입니다. 친동생이란 사실을 숨기기 위해서이기도 하고 실은…… 저 역시 하얀 인간을 받은 적이 있었던 탓이기도 합니다."

"작가님도 받으셨다고요?"

"네."

남정이 무겁게 고개를 끄덕였다.

"아직 데뷔하기 전, 영우가 제게 하얀 인간을 줬어요. 그런데 이 하얀 인간이 말입니다, 해환 씨가 받은 것처럼 한 군데가 이상했습니다. 오른쪽 손목이 접혀 있었죠. 그리고 얼마 안 가서 저는 갑자기 오른쪽 손목에 골절을 당했습니다."

"우연의 일치 아닌가요?"

"한 번이라면 저도 그렇게 생각했을 겁니다."

이후로도 김인우는 주변 사람들에게 하얀 인간을 줬다. 하얀 인간들은 하나같이 선물받은 사람과 닮은 꼴로, 손목이나 발목, 목이나 허리 등 어딘가 다친 부분이 있었다. 받고 나면 꼭 같은 부위에 문제가 생겼다.

"심지어는 암에 걸린 사람도 있었습니다. 배 부분을 뻥 뚫어놓은 하얀 인간을 받은 사람이었죠."

"말도 안 돼요. 우연의 일치겠죠."

"저도 그렇게 생각합니다. 모두가 그런 일이 생긴 건 아니었으니깐요. 빈도로 따지자면 열에 두세 번 정도일까요. 하지만 이런 일이 자꾸 일어나면, 소문이 돌면, 어떻겠습니까? 불길하다고 느끼지 않겠습니까? 실제로 토속신앙 중에는 인간의 형태를 띤 물건으로 저주를 거는 방법이 전해져 내려옵니다. 대부분 볏짚 인형 같은 걸로 만들고, 저주하려는 대상의 머리카락이나 손톱 같은 것을 안에 넣는 식이라고 합니다. 저는 이때의 경험으로 《검은 인간》을 쓰게 되었던 겁니다. 이후 인우가 세계적인 예술가가 되면서 이런 소문은 싹 사라졌습니다. 오히려 다들 좋아했죠. 인우의 작은 하얀 인간들이 어마어마한 값에 거래되었으니깐요. 인우는 더는 아무한테나 하얀 인간을 주지 않았습니다. 특정한 사람들, 정확히는 제가 사귀는 여성들만 골라서 주었죠. 그리고 그들은 하나같이 하얀 인간과 꼭 닮은 모습으로 사고가 났습니다."

남정이 비통한 표정으로 말했다. 하지만 나는 가슴이 두근거리기 시작했다. 내가 김인우에게 하얀 인간을 받았다는 건 곧⋯⋯.

"우리, 사귀는 사이인 거예요?"

남정은 내 말에 뒤늦게 자신이 한 말의 의미를 깨달은 모양이었다. 약간 얼굴이 굳어졌다.

"이런 이야기 듣고도 안 무서우세요?"

"전혀 안 무서운데요. 오히려 재밌어요. 잊으셨어요? 저는 선배님 팬이잖아요!"

그제야 남정이 굳은 표정을 풀었다. 나를 꼭 끌어안고 입 맞췄다. 나와 그의 첫 키스였다.

며칠 후, 남정은 우리 집에서 자고 갔다. 나는 그의 품에 안겨 자연스레 내 월세 문제를 이야기했다. 남정은 내 이야기를 듣더니 별것 아니라며 웃더니 핸드폰을 손에 들었다.

"입금했어!"

내 계좌로 천만 원이 들어왔다.

"이렇게 많은 돈을 줘도 돼?"

"괜찮아, 괜찮아."

나는 그의 통이 큰 모습에 감격했다. 역시 그의 말이라면 뭐든 따라야 한다고 생각했다.

그도 나와 같은 생각을 한 듯했다. 이후 우리는 하루가 멀다 하고 붙어 다녔다.

"내가 당신의 다리가 되어줘야 할 거 아냐!"

다리가 다 나은 후로는 이렇게 말했다.

"아프지 않으면 내가 필요 없어? 나 필요하지 않아?"

그 말에 나는 사르륵 녹아버렸다.

우리는 신혼부부처럼 지냈다. 함께 보낸 계절은 아름다웠다. 우리의 마음은 언제나 한곳을 바라보고 있었다.

"나는…… 다시 소설가로 살고 싶어. 소설을 써서, 내 작품으로 인정받고 싶어. 하지만 불가능할 것 같아. 동생은 전 세계적으로 유명한 작가고, 나는 그를 서포트해야만 생활이 가능하니까. 그게 내 시간을 너무 많이 빼앗고 있어."

"당신은 쓸 수 있을 거야. 분명 다 잘될 거야."

"정말? 내가 다시 소설을 쓸 수 있을까? 그러려면 어떻게 해야 할까? 동생이 죽기 전에는 불가능하겠지? 동생이 확 죽어버리는 일 같은 건 안 일어나겠지?"

이런 말을 하고 나면 그는 금방 정신을 차린 듯 풀이 죽은 목소리를 냈다.

"나, 정말 나쁜 사람이다? 하지만 그런 생각을 자주 해. 동생이 지금 죽어버린다면 어떨까. 그렇다면 동생의 작품이 천문학적인 액수로 오를 테니 그걸 판다면…… 그 돈으로 나는 여생을 내가 사랑하는 사람과 쓰고 싶은 소설만 쓰며 살 수 있지 않을까."

"누구나 그런 상상할 수 있지. 나쁜 건 아냐."

"자기도 그렇게 생각하지? 상상해봐! 동생이 죽고 우리 둘이 행복하게 사는 상상. 정말 멋질 것 같지 않아? 어떻게 생각해?"

"응, 정말 멋질 거야."

그의 계획을 들을 때마다 뭉클했다. 그가 상상하는 멋진 미래에 내가 있다는 게 감격이었다. 하지만 과연 그가 내 모든 사정을 듣고도 같은 이야기를 할지, 나는 자신이 없었다. 그는 아직도 내 빚의 총액을 몰랐다. 계속 숨길까 생각도 했다. 하지만 모든 게 다 잘 풀렸을 때, 마지막에 가서 빚 이야기가 나와서 다 엉클어질까 봐, 두려웠다. 역시 밝히는 게 옳은 것 같았다. 나는 그에게 빚 이야기를 해야 했다. 그도 아니라면 어떻게든 빚을 조금이라도 줄여야 했다. 방법이라면 있었다. 차기작의 계약.

마침 요즘 쓰고 싶은 소재가 생겼다. 조남정과 김인우, 이들 형제의 기묘한 관계는 내게 오랜만에 영감을 불러일으켰다. 나는 이들의 이야기로 소설을 쓰고 싶었다. 아는 편집자에게 메시지로 대충 줄거리를 보냈더니, 흥미를 보였다.

나는 오랜만에 약속을 잡았다.

"어디 가?"

"아, 요 앞에 장 보러."

작가라면 누구나 그렇지만, 남정은 특히 강박증이 심했다. 어딜 나가든 자로 잰 듯 시간을 맞추길 바랐다. 특히 내가 누굴 만난다고 하면, 그 상대가 남성이라면 대놓고 싫어했다. 오늘 만날 편집자는 남성이었기에 나는 더더욱 말할 수 없었다.

"금방 올 거지? 몇 분 걸려?"

"뭐 살지 안 정해서. 두 시간은 걸릴 것 같아."

"그렇게 오래? 난 그동안 뭐 하라고?"

"조금만 기다려주세요. 대신 저녁 맛있는 거 해줄게!"

남정은 입을 삐죽거렸지만 일단 허락했다. 대신 내가 나서는 순간 자신의 핸드폰을 보이며 "두 시간 알람 맞추고 가"란 말을 해서, 나를 살짝 질리게 했다.

"알았어."

말만 하고 그냥 갈 셈이었다. 하지만 그는 나를 놔주지 않왔다. 내 핸드백 줄을 꽉 쥐면서 다시 한번 말했다.

"알람 맞추라고."

그의 말을 따를 수밖에 없었다. 나는 핸드폰의 두 시간 알람을 맞춰 보인 후 그에게 확인받고 나서야 집을 나설 수 있었다.

약속 장소인 카페는 집 근처 마트 옆이었다. 편집자는 먼저 와 있었다가 나를 보고 손을 들어 아는 체했다. 가볍게 서로 어떻게 지냈는가 이야기를 나눈 후 본론에 들어갔다.

"메시지로 보냈듯이 서로에게 애증을 느끼는 형제의 이야기를 적고 싶어요. 세계적인 소설가와 조각가 이야기. 그들은 서로가 없으면 살 수 없지만, 어떻게든 죽이려고 드는 거죠. 스릴러로 풀 거예요."

"흥미롭네요. 조남정도 떠오르고."

"무슨 이야기에요?"

"몰라요?"

편집자는 주변의 시선을 살피더니 내게 가까이 오라고 손짓했다. 내가 몸을 숙이자 귀에 대고 작은 말로 속삭였다.

"조남정이랑 김인우, 실제 형제 사이잖아요."

"진짜요?"

"최근 터졌어요. 출판계에는 모르는 사람이 없는데. 작가님이 요즘 너무 사람 안 만나셨나 보네."

그건 사실이었다. 나는 대부분의 시간을 조남정과 함께 보냈기에 다른 사람을 만날 틈이 없었다.

"둘이 실제로는 그렇게 사이가 안 좋대요. 형이 연애하면 동생이 훼방을 놓고, 동생이 연애하면 반대로 형이 무슨 수를 써서라도 뺏는대요."

"그 소문이 어디서 어떻게 난 거예요?"

"반년 전, 조명주 작가랑 조남정이 헤어지면서 출판사에서 대판 싸우며 영화 찍었어요. 그래서 소문 쫙 퍼진 거. 이때 조명주가 쪽팔리고 열받는다며 스페인 갔잖아요. 아직도 안 왔잖아."

"어, 그거 신문서 본 것 같은데. 무슨 국가 보조금으로 스페인 간 거 아니었어요?"

"국가 보조금은 무슨. 아니에요. 조남정 작가랑 사귀다가 학을 떼고 헤어진 거예요."

반년 전이라면, 조남정과 동거를 시작했을 무렵이다. 그전까지 조남정은 연락이 잘 되지 않았다. 물론, 조명주가 나보다 훨씬 낫긴 하다. 조명주는 내는 소설마다 화제가 된다.

베스트셀러 순위에서 밀리는 적이 없다. 그래도 내가 조명주 대타였다니 자존심이 상했다.

핸드폰이 울렸다. 두 시간 알람이었다. 나는 알람을 보면서도 꼼짝도 하지 않았다. 한 시간이 더 지난 후에 집에 들어갔다. 평소라면 상상도 못 할 일이었다. 그 사이 조남정에게 전화가 20통도 넘게 걸려왔지만 무시했다. 나중엔 아예 짜증나서 전화를 꺼버렸다.

"왜 이제 와? 내가 전화 얼마나 했는데."

집에 돌아가자마자 조남정이 달려들 듯 말했다.

"어장관리 맞았네."

나는 바로 본론으로 들어갔다.

"갑자기 무슨 소리야."

"조명주랑 사귀었다며? 끝나자마자 나로 환승한 거잖아."

"그런 거 아냐. 그냥 조명주는! 스치는 바람이었어!"

"클리셰 같은 소리 하고 앉았다. 이제야 알겠네. 내가 나간다고 하면 왜 그렇게 전전긍긍했나. 내가 그 사실 알까 봐 그랬구나?"

"그런 거 아니야! 해환아! 난 너밖에 없어!"

"안 믿어. 절대 믿지 않는다고. 나가. 꼴도 보기 싫어. 전화

하지 마."

나는 되는대로 내뱉었다. 본심이 아니었다. 내겐 계산속이 있었다. 이러면 내게 매달릴 줄 알았다. 그러면 빚 이야기 할 셈이었다. 내 빚을 모두 갚아줘라. 그러면 사귀어주겠다 할 셈이었다. 나는 많이 봐준다는 마음으로 말했다.

"오빠, 내가 할 말이 있어."

그렇게 말하며 몸을 돌렸는데, 뜻밖의 상황이 펼쳐져 있었다.

남정이 피투성이였다. 식칼로 자신의 손목을 긋고 있었다.

"오빠! 왜 그래! 미쳤어!"

나는 계산이고 뭐고 잊고 패닉 상태가 되었다. 남정의 손에서 식칼을 뺏은 후 급히 지혈했다. 이런 내게 남정은 계속 떠들었다.

"나 죽어. 너 없으면 나 죽어."

"알았어, 그만 말해!"

"다만 하나 마음에 걸리는 건 동생이야. 인우가 우리의 결혼을 마음에 들어 하지 않으면 또 하얀 인간을 당신에게 주겠지."

"그만 말하라고!"

"우리는 정말 행복할 거야. 완벽한 커플이 되겠지."

"알았다고!"

"그랬다가 불길한 일이 일어나면 어쩌지. 나는 그런 상상만으로도 아무것도 못할 지경이야. 그런데 네가 떠난다고? 네가? 네가 날 떠난다고?"

"부탁이야. 제발 그만해. 나 안 떠나! 내가 잘못했어."

나는 그의 손목을 끌어안은 채 한참을 울었다.

손목의 상처는 별것 아니었다. 밴드 하나로 끝났다. 남정이 흥분 상태로 손목을 흔들며 온몸에 피를 묻힌 탓에 심해 보인 것이었다.

우리는 내 작은 싱글 침대에 함께 누워 서로를 끌어안았다. 나는 밴드를 붙인 그의 손목이 안쓰러워 자꾸만 쓰다듬었다. 그때마다 남정은 살짝 인상을 썼다.

"아파?"

"안 아파. 괜찮아."

그는 한없이 다정한 표정을 짓고 있었다.

"네가 내 곁에 있다면, 나는 뭐든 들어줄 수 있어."

사랑하는 연인에게 안겨 이런 말을 듣는다면 무슨 생각

이 들까. 분명 행복하다고 생각하겠지. 나는 달랐다. 내게 가장 먼저 떠오른 건 나의 빚이었다.

"정말 뭐든 들어줄 거야?"

"그럼, 물론이지. 너만 곁에 있으면 바랄 게 없어."

"나, 사실 빚이 좀 많아……."

"얼마나 되는데? 천? 이천?"

"아니, 그보다 좀 더."

"오천?"

"……."

"설마, 일억?"

"……."

"……이억?"

나는 고개를 작게 끄덕였다. 남정의 표정이 살짝 굳었다가 풀어졌다.

"큰돈도 아니네."

"저, 정말?"

"그럼! 오빠만 믿어! 내가 다 해결해줄게!"

남정은 영화에서나 봤던 제스처, 어깨를 으쓱해 보이며 말했다.

그가 나의 자금난까지 받아들이자, 이제 그와 사귀어야
만 한다는 강한 느낌은 그가 내 운명이라는 생각으로 변모
했다.

이날, 싱글 침대에 꼭 붙어 누워 있던 우리의 눈에 올해
의 첫눈이 보였다.

"와, 눈이다!"

"뭔가 운명적인데?"

"그러게, 꼭 결혼을 하라는 하늘의 축복 같아."

"인우만, 인우만 어떻게 하면 우린 행복해질 거야."

"나도 동감해."

나는 진심으로 공감하고 있었다.

겨울의 한가운데, 우리는 다시 김인우의 작업실을 찾았
다. 오랜만에 찾은 김인우의 작업실은 자물쇠마저 채운 채
굳게 잠겨 있었다. 잠긴 문의 의미를 잘 알았기에 나는 보자
마자 긴장했다. 남정 역시 마찬가지인 듯, 내 손을 꽉 쥐었
다. 우리는 심호흡을 크게 한 후 작업실의 문을 열었다.

나는 김인우의 반응이 두려웠다. 우리를 보자마자 다짜
고짜 소리를 지르며 물건을 던지거나 할 경우에 대비해 심

호흡을 크게 했다. 아무 일도 일어나지 않았다. 김인우는 우리의 맞잡은 손을 번갈아 보더니 "왔어?"라고 말한 후 스무스하게 대화를 이어갔다. 그가 나를 만나는 시간이 늘어나면서 자연스레 인우의 집착도 줄어든 걸까. 나는 어쩐지 김이 빠졌다. 이걸로 끝인가, 다 괜찮아진 건가 싶었다. 그렇게 작업실을 빠져나올 때, 김인우가 내게 악수를 청했다.

"작가님이 제 형수가 되는 건가요."

"네, 앞으로 작가님을 진심으로 사랑할 사람이 한 명 더 생기는 거죠."

나는 김인우의 손을 꽉 맞잡았다. 내가 결코 그의 적이 아님을, 절대적인 한편이 될 것이라는 뜻을 담아서.

"작가님은 참 좋은 분 같아요."

김인우가 다른 한 손으로 내 손을 감싸 쥐었다. 그렇게 양손으로 내 손을 꽉 잡고는 덧붙였다.

"형을 잘 부탁드려요."

나는 그의 말에 살짝 고개를 끄덕였지만 웃을 수는 없었다. 마지막 순간, 그가 또 한 번 내 손에 무언가를 쥐여준 탓이었다. 나는 남정이 자물쇠를 모두 잠그길 기다렸다가 그것을 보았다.

"이게 뭐야?"

"인우 씨가 줬어."

"그 자식이 또!"

남정은 당장 자물쇠를 열 태세였다.

"일단 뭔지 확인하자. 인간 모양은 아니었어."

우리는 인우가 준 종잇조각을 조심스레 폈다. 그건 포스트잇이었다.

형을 잘 부탁드려요.

제가 장난이 심했죠?

작가님께 정식으로 사과드리고 싶어요.

편한 날짜와 시간 말씀해주세요.

우리 둘이 데이트해요!

남정과 나는 놀라 서로를 바라보았다. 내가 먼저 입을 열었다.

"나 인정받은 걸까?"

"그러게."

남정도 믿기지 않는다는 표정이었다.

"정말 만날 거야? 어떻게 할래?"

"그래야지. 오빠가 하지 말라면 안 하고."

"너 편할 대로 해."

"만날게."

나는 단호하게 말했다.

"반드시 결혼 축하받을게."

남정은 좀 놀란 표정을 지었지만 곧 나를 끌어안고 키스를 해주었다.

"역시, 내가 선택한 여자구나……."

나는 그와 키스하며 눈을 감았다. 머릿속으로는 단 하나만 생각했다.

반드시 결혼해야 한다. 그래야만 빚을 청산할 수 있다. 새로운 미래를 가지려면 결혼밖에 선택지가 없다.

그렇게 인우와 단둘이 만난 게 일주일 전의 일이었다. 그날은 아침부터 눈이 내렸다. 엄청나게 쌓일 거라는 일기예보가 있었다. 나는 눈이 너무 많이 오니 실내에서 만나길 바랐다. 하지만 인우는 서울 외곽의 어느 공원을 지정했다.

인우가 먼저 약속 장소에 와 있었다. 그는 전동 휠체어를 타고 왔다. 그 옆에는 내가 앉을 벤치가 있었다. 인우는 나를 위해 담요와 보온병에 든 음료도 준비해놓았다.

"이야기가 좀 길거든요."

나는 그의 말에 고마움을 표한 후, 보온병의 음료를 따라 한 모금 머금었다. 인우는 내가 음료를 삼키길 기다렸다가 입을 열었다.

"저기, 제 자전거가 있어요."

인우는 우리의 시야에 보이는 자전거 보관소를 가리키며 말했다.

인우는 휠체어를 탄다. 그런데 어떻게 자전거가 있을까?

"그냥 물어보셔도 돼요. 어떻게 자전거가 있냐고."

"그렇게 제 얼굴에 티가 나요?"

"제가 이 말을 하면 다들 그걸 궁금해했으니까 작가님도 궁금해하실 거라고 여긴 거죠."

작가님 호칭부터 바꾸게 해야겠다.

"작가님, 저한테 하얀 인간을 받은 직후 사고가 일어나 불안하셨죠?"

"아, 아니에요. 그렇지 않아요."

나는 서둘러 부인했다.

"다만…… 하얀 인간의 사연을 듣고는 조금 궁금하긴 했어요. 정말 그런 일들이 있었던 걸까. 그렇다면 듣고 싶다. 아마 작가적 호기심이겠죠."

"작가적 호기심이라…… 그렇다면 알려드리는 게 예의겠죠. 안 그래도 그걸 말씀드리고 싶어 뵙자고 했고요. 저건 제가 처음이자 마지막으로 탄 자전거예요. 열일곱 살 때의 일이죠."

"열일곱 살요?"

"네, 저는 당시 따돌림을 당하고 있었어요. 형은 저랑 같은 고등학교를 나왔어요. 재학 중엔 학생회장을 했었고, 대학도 우리나라에서 제일가는 곳에 들어갔죠. 형이 볼 때 저는 갑갑했나 봐요. 창피하기도 했고요. 형은 자주 말했어요. 네 썩은 근성을 고쳐주겠다고. 그중 하나가 자전거 타기였어요.

형은 열일곱이나 먹은 남자가 자전거를 못 탄다는 걸 이해하지 못했어요. 자전거를 타게 되면 따돌림도 벗어날 거라고 믿었죠. 네, 그건 믿음이었어요. 한 치의 의심도 없는 절대적인 믿음. 그래서 저에게 자전거를 배우게 하려고 했는데 그만 사고가 난 거죠.

이후 형은 저에 대해 굉장히 심한 죄책감을 느꼈죠. 불구가 된 후 따돌림이 심해져 집에 틀어박히자 형의 죄책감은 더 심해졌어요. 갑자기 군대를 가버렸죠. 휴가를 나와도 단 한 번도 집에 오지 않았어요. 저를 보고 싶지 않았던 거죠.

그때가 가장 행복한 시절이었어요. 형이 군대를 갔을 때, 저는 처음으로 마음껏 제가 하고 싶은 일을 할 수 있었거든요. 그러다 앙리 마티스를 알게 되었어요. 불구가 된 노년의 마티스가 컷아웃 작업을 시작하며 제2의 전성기를 맞았다는 사연에 저는 감동 받았어요. 어쩌면 제게도 마티스와 같은 인생이 찾아올 수 있지 않을까 싶었어요.

그날부터 저는 컷아웃 작업에 빠져들었어요. 갖가지 종이를 자르고 붙이면 현실을 잊을 수 있었어요. 그런 제가 현실로 돌아오는 건 닫힌 방문이 열리고 주변 사람들이 절 내려다볼 때뿐이었죠. 저는 사람들에게 제 작품을 하나둘, 나눠줬어요. 하얀 인간은 어디까지나 내가 이런 것도 할 수 있어요, 날 봐주세요, 라는 작은 마음의 표현이었어요.

그리고 이렇게 시작한 컷아웃 작업은 대히트를 쳤죠. 저와 형은 행복해졌죠."

여기까지는 내가 아는 이야기였다. 하지만 다음 이야기는 예상과 달랐다.

"얼마 안 가 이러한 행복은 깨지고 말았죠. 사람들이 소설을 쓴 게 저라고 오해한 탓이에요. 다시 형은 단둘이 있을 때면 저를 괴롭혔어요.

— 네까짓 게, 네까짓 게! 네까짓 게! 나보다 유명해졌다고? 소설을 네가 썼다고 착각하다니 이게 말이 된다고 생각해?

— 네가 지금 잘나가는 게, 네가 정말 뭘 해서라고 생각해? 절대 그렇지 않아! 너는 내 소설 덕에 유명해진 거야!

— 아니? 정확히는 네가 유명해진 건 내 덕이지! 내가 널 불구로 만들었으니까! 다 내 덕이야! 내게 감사해! 다 내 덕이라고!

어린 시절, 자전거를 억지로 타게 했을 때처럼, 아니 그보다 더 끈질기게 형은 저를 겁박했죠. 요즘엔 살해당하는 게 아닐까 싶은 기분이 들 정도예요. 그러다 우연히 알게 되었어요. 형은 사귀는 사람들에게도 그러고 있다는 사실을. 저에게 하듯이 괴롭힌다는 사실을.

왜 그렇게까지 당하나 우스워 보이죠? 나는 절대 안 당할

거라고 생각하죠? 하지만 당해보면 알게 돼요. 늪처럼 스며
드는 겁박을 이길 방법이 없다는 사실을.

처음 괴롭힘을 당할 때에는 별것 아니라고 생각해요. 내
가 너무 예민한가, 생각하고는 그냥 받아들이죠. 이걸 오케
이 하고 나면 조금씩 강도가 높아져요. 그러다 뭔가 이상하
다고 생각하면…… 이미 걷잡을 수 없는 상태가 되어 있어
요. 목까지 늪에 빠져 있어요. 그가 하는 대로 따를 수밖에
없게 되죠.

저는 그가 여자친구들에게 그렇게 하는 것을 두고 볼 수
없었어요. 경고하고 싶었어요. 어서 도망쳐! 나처럼 되기 전
에 도망치라고! 그래서 저는 형의 여자친구들에게 일부러
어딘가 다친 하얀 인간을 건넸어요.

작가님, 작가님께 건넨 하얀 인간이 발목을 다친 형태라서
놀라셨죠? 그건 당시 제가 형의 폭력으로 다친 부위였어요.

저는 누군가에게 말하고 싶었어요. 형에게 학대를 당하고
있다고, 도와달라고, 이런 형이 다가오고 있다면 도망치라
고, 그렇게 말하고 싶어서 그 인형을 보냈던 거예요. 하지만
작가님은 이상하게도 그와 같은 부위를 다치고 말았죠. 저
는 당황했어요. 더 당황스러운 건, 그전에도 그런 일이 자꾸

일어났다는 사실이었어요.

왜일까.

왜 내가 하얀 인간을 선물하면, 어딘가 다친 형태를 만들면 정말 당사자에게 그런 일이 일어나는 걸까.

정말 나는 형의 말대로 불길한 무언가를 만들어내는 것일까.

이 모든 게 형에게 지나치게 많은 주입을 당한 탓일 수도 있겠죠. 형은 제가 불길한 인간이라고, 저주의 인형을 만들고 있다고 수없이 말했으니깐요. 형의 말들이야말로 저주라는 생각이 들 정도로……

장황한 이야기를 들려드렸네요. 이 장황한 말이 제 대답이에요. 왜 하얀 인간을 건넸는가, 그 인형들이 그때그때 다치거나 잘린 부위가 달랐는가. 그건 제가 보내는 애원의 메시지예요.

작가님, 도망쳐요.

형은 제대로 된 사랑을 할 수 없는 사람이에요. 아니, 형은 사랑이라는 이름으로 상대를 헤어날 수 없는 감옥에 가두는 사람이에요. 살해당하기 전에 어서 도망쳐요……"

남정이 날 조종하려고 들었다고 믿을 수 없었다. 하지만 마음에 걸리는 부분이 있었다.

지난 반년간, 남정은 매일 나의 집을 찾아와 많은 이야기를 들려주었다. 대부분 김인우의 이야기였다.

"마음에 걸리는 건 동생이야."

"동생이 확 죽어버리는 일 같은 건 안 일어나겠지?"

"그런 생각을 자주 해. 동생이 지금 죽어버린다면 어떨까. 그렇다면 동생의 작품이 천문학적인 액수로 오를 테니 그걸 판다면……."

"상상해봐! 동생이 죽고 우리 둘이 행복하게 사는 상상. 정말 멋질 것 같지 않아? 어떻게 생각해?"

처음, 이 이야기를 들었을 땐 나는 그가 그만큼 나와 그의 결혼을 진지하게 생각한다고 여겼다. 하지만 김인우의 말을 듣고 나자 달라졌다.

어쩌면 조남정은 정말 김인우를 죽이고 싶은 건 아닐까. 그를 죽여야만 우리의 결혼이 이뤄질 거라 진심으로 믿고 있는 건 아닐까. 그리고 만약 김인우가 죽고 나면 나 역시……. 그러자 최근 그가 내 앞에서 했던 자살 시도가 떠올랐다. 이제 그 상처는 흔적조차 남지 않았다. 대신 나는 그에게 종속되었다. 집 밖으로 거의 나갈 수도 없었다. 조남정의 행동은 김인우가 말한 것과 정확히 일치했다. 하지만 다시 생각해보자면, 모든 게 김인우의 계략인 것도 같았다. 나는 김인우가 소리 지르는 것을 들었으니까, 그에게 하얀 인형을 받은 후 이 꼴이 됐으니까.

누구의 말이 진실일까.

형이 동생을 괴롭히는 걸까, 동생이 형을 괴롭히는 걸까.

둘 다 진실일지도 모른다. 다만, 서로의 입장에서 사건을 보았기에 매 순간을 다르게 받아들였을지도 모른다.

그렇다면 지금 내가 해야 할 일은 하나밖에 없었다.

나는 벤치에서 일어났다. 김인우의 휠체어 뒤로 가서 섰다. 그의 휠체어 손잡이를 양손으로 꼭 잡으며 몸을 숙였다. 그의 귀에 대고 속삭였다.

"인우 씨, 인우 씨 말을 저는 믿어요."

나는 그의 휠체어를 아주 천천히 조금씩, 앞으로 밀었다.

"당신이 들려준 이야기는 오빠가 들려준 이야기와 상당 부분은 일치하거든요. 그렇다면 그 교집합이 되는 부분은 확실히 진실이라는 뜻이 되거든요. 그렇다는 말은……."

그의 휠체어가 지붕을 벗어났다. 발목 어귀까지 쌓인 눈더미로 한 걸음 들어갔다.

"천문학적인 액수의 돈. 그 돈을 가진 게 당신이라는 뜻."

나는 휠체어의 손잡이를 쥔 손에 힘을 주었다. 그대로 휠체어를 앞으로 엎어버렸다. 김인우는 저항도 못 하고 그대로 고꾸라졌다.

"미안하게 됐어요."

나는 어리둥절해하는 김인우의 위에 올라탔다. 그의 얼굴을 잡고 바닥에 파묻었다.

"당신은 죽어야 해요. 그래야 나와 오빠가 걱정 없이 글만 쓰며 살 수 있거든요."

김인우의 얼굴이 눈더미에 파묻혔다. 허우적거리며 어쩔 줄 몰라 하는 그의 몸뚱이 위에 눈더미를 쌓았다. 김인우가 허우적거리는 정도로는 결코 벗어나지 못할 눈더미를 차근차근, 단단하게…….

다음 날, 김인우의 기사가 떴다. 폭설로 인한 '사고사'. 나는 잔뜩 긴장했다. 당장이라도 경찰이 찾아올까 봐, 내가 그를 살해했다고 생각할까 봐 두려웠으나 그런 일은 일어나지 않았다.

한 가지 마음에 걸리는 건, 살해 현장에서 발견된 김인우의 손에 들려 있었던 작은 종잇조각이었다. 그건 오리다 만 하얀 종이였다. 찌그러진 자동차와 같은 형태의 종잇조각이 불길했다. 나는 그게 내 범죄를 증명하는 어떤 도구가 되는 게 아닐까 싶어 신경이 곤두섰다. 꿈속에서도 이 일이 떠올랐다. 동시에 영감이 찾아들었다. 처음 남정을 만났을 때부터의 일들이 머릿속에서 문장이 되어 떠다녔다. 당장 이 모든 이야기를 글로 끄집어내라고 뇌가 나를 닦달했다.《검은 인간》을 쓸 때와 같은 강한 충동이었다. 그래서 나는 이 글을 쓸 수밖에 없었다. 이 글이 나를 파멸로 몰고 갈 것을 알면서도, 결국 이 글을 쓰고 있다. 이 글이 내 유서가 될 것을 알면서도…….

*

남정은 라텍스 장갑을 벗기 전, 마지막으로 마우스를 손에 잡았다. 쯧, 하고 혀를 찬 후 방금 전 적은 문장을 수정했다.

~~《검은 인간》을 쓸 때와 같은 강한 충동이었다.~~
데뷔작을 쓸 때와 같은 강한 충동이었다.

"완성했군."

남정은 흡족한 미소를 지었다.

해환의 '유서'는 마음에 안 드는 부분이 많았다. 조잡한 서사와 유치한 전개를 비롯하여 인우의 끝도 없는 혼잣말은 어떻게 고쳐야 할지 방법조차 떠오르지 않을 수준이었다. 그보다 더 최악인 부분은 남정 자신과 관련된 서사였다. 자신을 이토록 치졸한 악인으로 그리다니, 어이가 없었다. 몽땅 삭제하고 다시 적고 싶었다. 하지만 그럴 틈이 없었다.

해환은 죽어버렸으니까. 알리바이를 위해 한시라도 빨리 경찰을 불러야 하니까.

남정은 계속 동생을 죽이고 싶었다. 그가 자신이 가져야 할 영광을 모두 빼앗은 후로는, 그의 후광 탓에 글이 써지지 않은 후로는, 더더욱 강한 열망에 시달렸다. 하지만 자신이 직접 손을 댈 수는 없었다. 그랬다가는 함께 나락으로 떨어질 테니 그럴 수 없었다. 남정은 한참 생각했다. 자신의 손이 아닌 타인의 손을 빌려 살인할 방법을. 그러다 떠올린 것이 사귀는 상대를 이용하는 일이었다.

'정말 절박한 여자를 만난다면, 나와 결혼하지 않으면 안

되는 여자를 만난다면 인우를 죽여주지 않을까?'

해환 이전, 세 명의 여자를 만났다. 그들에게 같은 방법을 시도했다. 하지만 세 명 다 마지막 순간 실패했다. 그들은 동생을 죽이지 못했다. 마지막으로 사귀었던 조명주는 꽤 기대가 컸다. 그녀는 허세가 심하고 돈 욕심이 많았다. 하지만 결국 불발했다. 게다가 출판계에 소문을 쫙 내는 바람에 남정은 한동안 운신의 폭이 좁아질 정도였다.

이 상황에서 해환을 만난 건 기적에 가까운 일이었다. 해환은 단 한 번 문학상을 타놓고 자신이 대단한 작가인 척 굴었다. 빚이 몇억이나 되는데도 주제에 맞지 않게 명품만 입고 외제차를 탔다. 뭣보다 남정에게 잘 보이고 싶어서 안간힘을 썼다.

남정은 해환에게 원하는 것을 줬다. 시간을 두고 끈질기게 꼬드긴 후 다른 여자들에게 그러했듯이 "인우가 결혼을 인정하지 않으면 어쩔 수 없다. 그가 죽지 않는 이상 결혼은 못 할 것 같다"라는 말을 반복해서 들려주었다.

마침내 해환이 행동에 나섰다. 인우를 죽이는 데 성공하는가 싶었으나 사달이 났다. 해환은 지난 일주일간 반쯤 미쳐 소설을 적어 내렸다. 한 시간 전, 해환은 남정을 자신의 집으로 불렀다. 자신이 적은 글을 보여주며 흥분해 말했다.

"이제 두 눈이 뜨였어! 당신이 내게 무슨 일을 했는지 깨달았다고!"

"진정해. 일단 좀 쉬고 다시 생각……."

"다 끝났어! 신고해버렸거든! 곧 경찰이 올 거야! 모두 끝났어! 포기해!"

남정은 윤해환을 죽일 수밖에 없었다. 그러고는 급히 노트북 앞에 앉아 윤해환의 유서를 마무리했다.

멀리서 경찰 사이렌 소리가 들린다.

남정은 감정을 잡았다. 지금부터 남정은 동생과 약혼녀를 모두 잃은 비극의 주인공을 연기해야 한다. 이 연기를 제대로 못 했다가는 범인으로 몰릴지도 모른다.

출동한 경찰은 남정의 말을 일단 믿었다. 윤해환의 '유서'가 가장 큰 증거가 됐다. 남정은 자신의 연기에 몰입했다.

"대체 왜 이런 일이 일어난 건지 모르겠습니다. 대체 왜, 왜……."

후에 다시 경찰서로 호출될지도 모르지만, 그건 그때 가서 생각하면 된다. 세계는 나를 중심으로 돌아간다. 분명 뭔가가 떠오를 것이다.

남정은 한참 오열한 후 해환의 집을 나섰다. 람보르기니의 차 문을 열고 운전석에 앉았다. 바로 눈물을 뚝 그치고 씨익 웃었다. 차를 출발시켰다. 람보르기니가 굉음을 내며 낡은 아파트 단지를 벗어났다. 이제 남정의 앞길을 막을 것은 없었다. 더 속도를 내도 될 것 같았다. 끼어들기를 반복했다. 운전자들이 욕설을 해도 전혀 신경 쓰지 않았다. 오거리에 진입했다. 남정이 가장 좋아하는 순간이 왔다. 초록색이 노란색으로, 연이어 빨간색으로 변하는 순간, 남정은 기어를 바꾸며 액셀을 힘차게 밟았다.

빠아앙—

기시감이 드는 소리가 났다.

오래전, 인우가 처음 자전거를 탈 때 몇 번이고 눌렀던 자전거 경적 소리였다. 제발 손을 놓지 말라고, 형이 놓으면 큰일 난다고 울먹이던 인우가 절박하게 내던 경적 소리. 그 소리가 남정의 귀를 때렸다. 그것이 남정의 마지막이 되었다. 남정의 람보르기니는 반대편에서 오던 화물차와 충돌해 찌그러졌다. 그 모습은 동생 인우가 마지막으로 남긴 종잇조각과 닮은 꼴이었다…….

2023년 7월, 처음 이 단편을 적기로 마음먹었을 때 떠올린 건 다른 그림과 다른 이야기였습니다. '마티스블루'라는 이름의 서점에서 일하는 알바가, 우연히 자신의 서점에 걸린 마티스의 그림 〈블루 누드〉가 진품이라는 사실을 알고 훔쳐 도망치다가 일어나는 사건을 쓰면 어떨까? 생각했었죠. 제목은 '알바의 얼굴은 블루.'

하지만 마티스에 대해 공부를 시작한 후 후기 작품군인 컷아웃 작업을 들여다보자니 새로운 이야기가 떠올랐습니다. 마티스가 〈이카로스〉에서 표현한 가슴에 묻은 붉은색이 작가의 의도와는 상관없이 피가 고였다고 생각할 수도 있겠더라고요. 그렇다면 살인과 연관시킬 수 있지 않을까, 하는 생각으로 새로운 소설의 시놉시스를 적었습니다.

이후 꾸준히 생각을 거듭하면서 2023년 12월 23일 서울에서 열린 전시회를 다녀온 후 〈이카로스〉를 비롯한 컷아웃 작업들에 대한 관심이 더 커졌습니다. 실제 마티스가 겪었던 말년의 삶을 반영한 인물을 넣자고 결심한 후, 이야기를 적어 내렸습니다.

이야기의 주인공 윤해환과 조남정은 저의 반영입니다. 저 역시 세계문학상 수상 이후 암흑기를 보냈었거든요. 친구랑 언젠가 통화를 하며 "글이 안 써지면 차라리 죽는 게 나아"라는 말을 했을 정도의 기분을 대입해보았습니다.

새로운 그림을 접하는 건, 그리고 그러한 그림에서 영감을 얻어 작품을 쓰는 건 정말 즐거운 일인 것 같습니다. 그렇다고 사람을 죽이면 곤란하겠지만요.

이 기회를 통해 함께 참여해주신 작가님들과 출판사에 감사드립니다.

좀비 여인의 초상

×

정명섭

● **이본 랑베르양의 초상**, 1914, 미국 필라델피아 미술관

진정한 비극은 핵폭발 이후에 시작되었다.
사망자들 중 일부가 다시 살아난 것이다.

"이번에 가져올 게 뭐라고요?"

최종 투입을 앞두고 무장을 확인하고 있는데 새로 온 팀원인 고동석이 물었다. 30대 후반의 고동석은 까무잡잡한 피부에 짧은 머리, 그리고 땅딸막한 키를 가지고 있었는데 몸매는 균형 잡히고 탄탄했다. 강현준은 K5의 탄창을 꺼내서 탄환을 확인한 다음에 허벅지에 찬 홀스터에 끼우며 대답했다. 비슷한 나이의 강현준 역시 탄탄한 몸매에 갸름한 얼굴이었다. 역시 머리가 짧았는데 오른쪽 귀 위쪽으로 큰 상처가 보였다. 상대적으로 큰 키를 가지고 있어서 고동석을 내려다봤다.

"앙리 마티스의 그림이야."

잠깐 생각한 다음에 덧붙였다.

"〈이본 랑베르 양의 초상〉?"

"서양 화가입니까?"

고동석의 물음에 강현준이 얼굴을 찡그렸다.

"프랑스 화가야. 야수파라는 사조를 만들었다고 하더군."

"우리가 들어갈 정도로 값어치가 있습니까?"

마침 모니터에 〈이본 랑베르 양의 초상〉 이미지가 보였다. 강현준은 그걸 보면서 얘기했다.

"그림이 우중충한 게 요즘 분위기랑 딱 어울리잖아. 그림 속 여성이 꼭 산 사람이 아니라 좀비처럼 보이고. 그래서 좀 비 여인의 초상이라는 별명이 붙었어."

"사람들이 좀비 때문에 제정신이 아니군요."

"좀비가 나타나고 세상의 일부분이 파괴된 것은 보통 일 이 아니니까, 어떻게든 이해하고 받아들이려고 하는 거잖 아. 그중 하나가 바로 좀비리즘이고."

"좀비와 리얼리즘의 합성어 맞습니까?"

"잘 아네."

피식 웃은 강현준이 덧붙였다.

"좀비가 있는 현실을 받아들인다는 선언이기도 하지. 예 술 작품 속에서 좀비와 관련된 코드를 찾아내려고 했고, 그 게 바로 〈이본 랑베르 양의 초상〉에서 좀비와의 연관성을 찾은 것이지."

그림을 본 고동석 역시 동의한다는 듯 고개를 끄덕거렸다. 강현준이 설명을 이어갔다.

"관심이 높아지니까 가격이 올라갔지. 그리고 인터넷에 흥미로운 소문이 떠돌고 있는 것도 한몫했어. 초상화에 나오는 옷이 한복이랑 닮아서 사실은 한국 여성이라고 말이야."

"진짜요?"

고동석이 어이없어하자 강현준이 고개를 끄덕거렸다.

"원래 가격보다 세 배 정도 올랐어. 우리가 들어갈 이유가 충분하지."

설명을 마친 강현준이 고동석을 쏘아봤다.

"트레저헌터를 하려면 뭘 갖춰야 한다고 했지?"

"요, 용기와 침묵이요."

"우리 일은 계획대로 된 적이 없어. 일이 틀어지면 외부 지원 같은 건 없고 말이야."

"그건 알고 있습니다."

"저 안에서는 무슨 일이 벌어질지 몰라서 징크스들이 많아. 그중 하나가 소란스러우면 그들이 몰려온다는 거지."

"그들이면 좀비요?"

강현준은 고동석의 눈을 쏘아봤다.

"그 얘기도 함부로 하지 말라고 했지? 그렇게 자꾸 떠벌리면 재미있어?"

"그, 그런 건 아니고요."

"실력이 있다고 해서 뽑았는데 이빨을 잘 터네. 앞으로 묻는 말 외에 입을 열면 저 안에서 못 나올 줄 알아. 알겠어?"

"네."

시무룩해진 고동석의 대답을 들은 강현준은 고개를 절레절레 흔들며 뒤를 돌아봤다. 버려진 아파트에 만들어둔 전진기지에는 그를 포함해서 여섯 명의 팀원이 있었다. 한여름의 투명한 햇살이 유리구슬처럼 반짝거리는 가운데 앙상한 나무에 붙어 있는 매미가 시끄럽게 울었다. 그리고 거대한 콘크리트 방벽 너머로 녹아내린 서울의 모습이 보였다. 감시 카메라와 무인 총탑, 그리고 전선과 케이블이 어지럽게 엉켜 있는 콘크리트 방벽에는 검정색 페인트로 글씨가 크게 적혀 있었다. 강현준은 무전기를 만지작거리면서 글씨를 천천히 읽었다.

"폐쇄구역 서울."

5년 전인 2029년 4월 4일, 북한은 서울과 일본을 향해 핵미사일을 발사했다. 수성-6 중거리 탄도탄은 오전 9시 48분에 서울 상공에서 정확히 폭발했다. 일본의 도쿄와 오사카로 날아간 핵미사일 역시 요격에 실패하면서 큰 피해를 입혔다. 식량난으로 인해 황해도 해주에서 시위가 벌어진 지 넉 달 만에 벌어진 일이었다. 해주에서의 시위는 무력으로 진압했지만 다른 지역에서 들불처럼 시위가 일어났다. 결국, 내전으로 이어지면서 김정은 위원장은 중국에 개입을 요구했다. 중국군이 북한 영토에 진입하자 이에 반발한 군부 세력들이 구국군사위원회를 결성하고 반란을 일으켰다. 김정은 위원장은 류경 호텔에서 암살을 당했다. 주변의 강대국들이 개입해서 중국군이 퇴각하고, 한국군과 미군이 중심이 된 유엔군이 주둔하기로 결정되었다. 핵미사일은 모든 것이 마무리되었다고 생각한 그 순간에 떨어졌다. 대통령을 비롯해서 180만 명이 사망하는 대참사가 벌어졌다. 동해에 있던 미 해군 컬럼비아급 핵잠수함에서 트라이던트 핵미사일이 평양을 향해 날아갔다. 평양 상공에서 폭발한 핵미사일로 인해 평양 주민 43만 명이 사망했다. 진정한 비극은 핵폭발 이후에 시작되었다. 사망자들 중 일부가 다시 살아난 것이다. 그리고 다른 사람들을 공격했다. 그들을 좀비라고 지칭하는 데는 그리 오랜 시간이 걸리지 않았다. 서울에서 평범한 삶을 살던 강현준 역시 어머니를 잃고 겨우 서울 밖으로 탈출했다. 천만다행으로 긴급 투입된 군인과 경찰, 그리고 민간인들의 협조로 서울을 봉쇄하는 데 성공했다. 좀비들이 차지한 서울은 자연스럽게 폐쇄구역으로 불렸다. 5년 전의 악몽을 떠올리던 강현준에게 고동석이 물었다.

"그런데 어쩌다가 앙리 마티스의 그림이 폐쇄구역 서울에 있게 된 거죠?"

"의뢰인이 사업에 성공해서 큰돈을 벌었던 게 시작이지. 전기자동차용 배터리였던가?"

"그 돈으로 마티스의 그림을 산 거군요."

고동석에게 대답 대신 고개를 끄덕거린 강현준은 드론을 조작하고 있는 다른 팀원에게 다가갔다. 뺨에 난 상처를 가리느라 수염이 수북한 이동민은 모니터를 바라보면서 드론 조종용 콘솔을 만지작거리는 중이었다. 모니터 화면에는 폐허가 된 서울의 모습이 보였다. 화면을 본 강현준이 물었다.

"좀비들은?"

"열반응 체크 중입니다. 밀집도는 중간이긴 한데 건물 내부까지 파악되지는 않습니다."

"UGV를 투입해봐."

"알겠습니다."

이동민이 콘솔 옆에 붙은 붉은색 버튼을 누르자 화면 아래로 뭔가가 떨어지면서 낙하산이 펴졌다. 드론에 장착된 소형 무인지상차량으로 하늘에서 볼 수 없는 지하실이나 건물 내부를 살펴볼 때 사용했다. 지상에 착륙한 소형 무인지상차량은 드론에서 식별되었다.

"마커 1 이동합니다. 체크포인트 14까지 남은 거리는 137미터입니다."

마커 1이 활성화되면서 화면이 분할되었다. 지상에서 비춰지는 화면은 깨지고 부서진 건물 사이를 지나갔다. 중간중간 유령처럼 흐느적거리는 좀비들이 보였다. 신중하게 바라보는 강현준에게 어느 틈에 다가왔는지 모를 고동석이 물었다.

"우리가 들어갈 곳이 저깁니까?"

"비슷해. 준비를 마쳤으면 좀 쉬는 건 어때?"

다소 날이 선 강현준의 말투에 고동석이 어깨를 으쓱거렸다.

"알겠습니다."

버려진 소파를 향해 가는 그의 뒷모습을 본 이동민이 중얼거렸다.

"북한 출신들은 죄다 조용한 줄 알았더니 그렇지도 않나 봅니다."

"거기도 사람 사는 곳이잖아. 떠버리 한둘쯤은 있어야지."

"그나저나 소문 들었습니까?"

주변을 쓱 살핀 이동민의 얘기에 강현준이 물었다.

"무슨 소문?"

"우리 중에 유령이 끼어 있다는 소문이요."

강현준은 같은 공간에 머물고 있는 트레저헌터들을 살펴봤다. 서울이 폐쇄되고 난 이후 새로운 직업이 생겨났다. 서울에 남겨진 추억의 흔적들을 가져오는 일이었는데 당연히 불법이었다. 하지만 큰돈을 벌 수 있었기 때문에 많은 사람들이 도전했다. 주로 가족들의 흔적이 있는 사진이나 물건들이었지만 종종 귀금속이나 현금, 그리고 채권이나 주식증서 같은 것도 있었다. 심지어는 죽은 가족의 유해를 원하는 경우도 있었다. 어떤 것이든 엄청난 비용을 지불해야 했다. 좀비들이 득실거리는 서울 안으로 들어가야만 했기 때문이다. 아무리 중무장을 한다고 해도 몰려드는 좀비들을 전부 다 상대할 수는 없었고, 위기에 처하면 도움을 받을 수 없었다. 하지만 큰돈을 벌 수 있다는 이유로 전직 군인들을 포함해서 많은 사람들이 도전했고, 폐쇄구역 안에서 사라졌다. 그들을 트레저헌터라고 불렀는데 몇 개의 조직들이 팀을 짜서 은밀히 의뢰를 받고 조용히 들어갔다. 공식적으로 서울은 폐쇄되었기 때문에 누구도 들어갈 수 없었기 때문이다. 많은 돈을 벌 수 있다는 소문이 퍼지면서 경쟁이 치열해졌다. 그래서 트레저헌터들에게 가장 위험한 건 좀비들이 아니라 다른 트레저헌터라는 얘기가 돌았다. 특히 그중에서 가장 위험한 존재는 바로 유령이었다. 코를 찡긋거린 강현준이 중얼거리듯 물었다.

"걔가 왜?"

"앙리 마티스의 그림 때문이죠. 요즘 가격이 엄청 뛰었다면서요?"

"그렇다고 들었어. 그러니까 가장 비싼 우리에게 의뢰했겠지."

"그래서 끼어들었다는 소문입니다."

"유령은 지금까지 돈을 목적으로 움직이지는 않았잖아.

목표는."

마른침을 삼킨 강현준이 중얼거렸다.

"복수였지. 누구한테 들었어?"

"승혁이한테요."

"걔는 숨 쉬는 것도 거짓말인 놈이잖아."

강현준의 농담에 이동민이 피식 웃었다.

"그렇긴 하죠. 신경 쓰지 마십시오."

둘이 얘기를 나누는 동안 마커 1은 목적지인 체크포인트 14에 도착했다. 10층짜리 건물은 핵폭발의 영향으로 심하게 기울어진 상태였다. 그걸 본 강현준이 턱을 긁으면서 중얼거렸다.

"피사의 사탑 같네."

"내부로 진입하겠습니다."

마커 1이 부서진 잔해를 타고 문으로 들어갔다. 어두컴컴한 내부가 보이고 잠시 후, 마커 1이 조명을 켰다. 벽에 붙은 타일이 군데군데 떨어져 나갔고, 계단과 벽체가 기울어 있는 게 보였다. 강현준이 모니터를 뚫어지게 바라보면서 물었다.

"계단이 많이 기울어졌는데 올라갈 수 있겠어?"

"물론이죠. 다행히 안쪽에는 좀비들이 없네요."

"저런 어두운 곳에는 잘 가지 않잖아."

사실 희망에 가까운 얘기였다. 좀비들은 폐허가 된 서울 어디에나 존재했고, 참을성 있게 먹잇감을 기다렸다. 좀비가 처음 나타났을 때부터 지금까지 그들이 어떻게 탄생되었고, 몇 년 동안 햇빛에 닿고 빗물만 마시고도 소멸하지 않는 것도 미스터리였다. 이런저런 생각을 하면서 모니터를 지켜보던 강현준은 갑자기 분할된 화면 중 마커 1의 화면이 꺼져버린 게 보였다. 이동민이 황급히 리셋 버튼을 눌렀지만 화면은 여전히 어두웠다.

"좀비일까?"

강현준의 물음에 헤드셋을 벗은 이동민이 고개를 저었다.

"화면이 꺼지기 전에 폭발음 같은 게 들렸습니다. 부비트랩 같아요."

이동민의 얘기를 들은 강현준은 아랫입술을 질끈 깨물었다.

"환장하겠네."

"어떡하실 겁니까?"

강현준은 여기저기 흩어진 팀원들을 바라봤다. 원래 일하던 팀은 지난번 목동 아파트로 들어갔다가 상당수가 죽거나 실종되는 바람에 새로 짠 팀이었다. 거기에다 확실하지는 않지만 유령이 있을 수도 있었다. 고민하는 사이에 주머니에 넣어둔 스마트폰이 울렸다. 스마트폰을 꺼내서 메시지를 확인한 강현준은 손가락을 두 개 펼쳤다.

"의뢰인이 방금 가격을 두 배로 올렸다."

그러자 여기저기 흩어져서 쉬거나 장비를 점검하던 팀원들이 환호성을 질렀다. 강현준이 허리에 손을 올린 채 말했다.

"우리는 트레저헌터다. 그중에서도 가장 위험하고 어려운 곳에 들어가는 늑대 팀이다."

다들 새로 들어왔지만 오래전부터 늑대 팀인 것처럼 우렁차게 구호를 외쳤다.

"우리는 늑대!"

"우리는 지옥보다 더한 곳에서 지옥으로 들어갈 것이다. 우리는 지옥에서도 살아 돌아오는 늑대니까!"

"우리는 늑대!"

"5분 안에 필요한 장비를 챙기고 출동한다."

알겠다는 대답을 들은 강현준이 돌아서서 이동민에게 말했다.

"여기서 드론으로 백업해줘."

"알겠습니다."

테이블에 놓인 소음기가 끼워진 K-13 기관단총을 챙겼다. 그리고 4안식 야시경을 챙겼다. 장갑을 끼고 팔과 다리에는 좀비들의 이빨을 막을 수 있는 방검용 패드를 찼다. 장비를 다 갖추자 금방 땀이 흘러내렸다. 여름의 무더운 날씨에 더해 좀비들이 득실거리는 폐쇄구역 서울로 들어가야한다는 긴장감 때문이었다.

폐쇄된 서울로 진입하는 방법은 여러 가지가 있었다. 글라이더나 대형 드론을 이용하기도 하고, 장벽을 직접 넘기도 했다. 하지만 가장 많이 쓰고 안전한 건 지하철이 다니던 통로를 이용하는 것이었다. 특히, 차량이나 오토바이를 사용할 수 있기 때문에 안전도를 높일 수 있었다. 통로를 관리하는 조직도 따로 있었는데, 내부에 깊이 진입하기 위해서는 적지 않은 비용을 내야 했지만 이번 같은 경우는 의뢰인이 많은 비용을 줬기 때문에 편안하게 이용할 수 있었다. 물이 고인 선로를 한참 달리던 지프가 흙과 돌로 만든 경사로를 타고 승강장으로 올라갔다. 승강장에는 통로를 관리

하는 뚱보가 기다리고 있었다. 시동을 끈 지프에서 내린 강
현준에게 뚱보가 태블릿을 들고 다가왔다.

"입금 확인했어. 여기까지 온 걸 보면 이번 의뢰는 돈을
화끈하게 받은 모양이야."

"가져올 물건이 좀 비싸서 말이야."

고동석이 가지고 내린 화구통을 힐끔 본 뚱보가 입을 열
었다.

"그림인 모양이네."

"하여튼, 눈치는 정말 빨라."

"그림 하나에 다섯 명이라니, 너무 많이 데려가는 거 아니
야?"

고개를 갸웃거리는 뚱보의 물음에 강현준이 얼굴을 찡그
렸다.

"한복판으로 가야해."

"어딘데?"

"강북삼성병원 사거리."

"위험하긴 하군."

"차량은 준비했지?"

강현준의 물음에 뚱보가 고개를 끄덕거렸다.

"난 돈 받은 만큼 일해."

뚱보가 구석에 서 있는 UTV 두 대를 보여줬다. 전기로 움직이는 UTV는 작고 조용해서 눈에 띄지 않게 움직이는 데 딱이었다. 운전석과 조수석은 물론 주변에 가시 철망을 둘러서 좀비들을 막을 수 있게 했고, 지붕에는 녹색 천이 씌워져 있었다. 가까이 다가간 강현준에게 뚱보가 지붕의 녹색 천을 턱으로 가리키며 말했다.

"인공위성에서 안 보이는 특수한 천이야. 요즘 감시가 심해졌다고 하더라고."

"고마워."

주머니에서 키 두 개를 꺼낸 뚱보가 건네주면서 입을 열었다.

"조심해서 무사히 돌아와."

키를 건네받은 강현준은 그중 하나를 고동석에게 던졌다.

"시동 걸어. 나랑 같이 간다."

나머지 하나는 옆에 있던 나윤혁에게 건넸다.

"둘 데리고 따라와."

매끈하게 밀어버린 머리에 비니를 쓴 나윤혁은 말없이 키를 받았다.

"내가 앞에서 움직일 테니까 잘 따라와."

"도착하면 어떻게 움직입니까?"

"너는 시동 걸고 기다리고, 둘은 방패 들고 날 따라서 들어오라고 해."

고개를 끄덕거린 나윤혁이 어정쩡하게 서 있는 두 명을 데리고 2라는 숫자가 적힌 UTV로 향했다. 고동석은 1이라고 적힌 UTV로 가서 시동을 걸었다. 조수석에 앉은 강현준이 가시 철망이 감긴 문을 조심스럽게 닫으면서 손가락을 위로 들고 빙빙 돌렸다. 그러자 뚱보가 레버를 내렸다. 윙윙거리는 소리와 함께 지상과 연결된 계단 쪽의 거대한 철문이 열렸다. 고동석은 천천히 UTV를 몰았다. 계단은 차량이 올라갈 수 있도록 가운데에 콘크리트로 경사로를 만들어놓았다.

계단을 올라온 UTV는 턱을 넘어서면서 잠시 멈췄다. 2호차를 기다리면서 주변을 살핀 고동석이 중얼거렸다.

"여기 시청 쪽 아닙니까?"

"맞아."

"특수작전군 경보병려단으로 복무할 때 서울시 지도는 지겹게 봤습니다."

"그럼 이 근처 지형은 잘 알겠네. 대한문 옆 정동 돌담길 쪽으로 가. 서소문 별관 있는 길."

"알겠습니다."

고동석은 핸들을 조심스럽게 움직여서 녹아버린 아스팔트 위를 지나갔다. 뒤따라 올라온 2호차 역시 방향을 틀었다. 주변에 있던 좀비들이 고개를 이리저리 돌렸다. 하지만 전기 동력이라서 소음이 적은 탓인지 크게 관심을 끌지 않았다. 덕수궁 역시 핵폭발의 영향을 고스란히 받은 흔적이 역력했다. 높다란 돌담장은 모두 무너져 있었고, 대한문 앞의 월대 역시 흔적도 없이 사라졌다. 옆에 있던 작은 화단 역시 흙이 어지럽게 흩어진 채 흔적이 남지 않았다. 대한문 옆에 있는 정동길 초입 역시 핵폭발의 흔적이 역력했다. 부서진 보도블록을 넘어가면서 1호차가 심하게 덜컹거리자 박살 난 와플 가게 앞에 서성거리던 좀비 몇 마리가 고개를 돌렸다. 강현준은 소음기를 끼운 소총을 가시 철망 사이로 내민 다음에 방아쇠를 당겼다. 툭툭거리는 소리와 함께 다가오던 좀비들 몇 마리가 쓰러졌다. 그중에는 붉은색 제복의 관광경찰이었던 좀비도 있었다. 관광경찰 좀비는 앞으로 넘어졌다가 2호차의 바퀴에 머리가 으스러졌다. 천천히 앞으로 운전하던 고동석이 입을 열었다.

"저기가 서소문 별관 아니었습니까? 폭삭 날아가고 문 앞의 해태만 남았네요."

"맞아. 저기도 영상으로 봤어?"

"보기도 했고, 직접 와보기도 했어요. 저기 13층에 있는 전망대요."

"경보병려단이라고 하더니 남파 간첩이었어?"

"아뇨. 통일 이후에요."

능청스럽게 대답한 고동석이 씩 웃었다. 어이가 없어진 강현준은 주변을 돌아봤다. 폭심지에서 가까웠던 탓에 거의 대부분의 건물들이 파괴되거나 넘어졌다. 그 잔해 위로 먼지가 뿌옇게 앉았고, 열에 녹아버린 사람과 간판, 유리의 흔적들이 시럽처럼 끼얹어졌다. 좀비들이 어슬렁거리지만 않았다면 대규모 지진 같은 것이 일어난 상태로 보일 정도였다. 하지만 넝마 같은 옷을 걸친 채 움직이는 좀비들이 여기가 폐쇄구역 서울이라는 사실을 일깨워줬다. 핵폭발의 고열에 녹아버린 아스팔트가 타이어에 밟히면서 바스락거리는 소리가 났다. 지반이 쪼개지면서 갈라진 곳을 지날 때 마다 차체가 뒤뚱거렸다. 다행히 길이 완전히 막히지는 않았다.

바짝 긴장한 채 주변의 좀비들을 쏘아대던 강현준은 헤드셋에 대고 외쳤다.

"주변 상황은 어때?"

잠시 지직거리는 소리가 들리고 이동민의 목소리가 들렸다.

"나쁘지 않지만 나빠질 기미가 보입니다."

"본론만 말해."

"북쪽 강북삼성병원 방향에서 대규모 좀비 떼들이 내려옵니다."

"접촉은 얼마나 걸리지?"

"1호차와 2호차의 현재 속도를 감안하면 5분입니다. 아마 3분 정도면 좀비 떼를 육안으로 관측할 수 있을 겁니다."

"카피."

이동민과의 통신을 마친 강현준은 워키토키로 2호차를 호출했다.

"윤혁아."

"네, 팀장님."

"위쪽에서 좀비들이 내려오고 있어. 네가 유인을 좀 해줘야겠어."

"알겠습니다. 어디로 끌고 갈까요?"

"조금 더 가면 로터리가 나오는데 거기서 배재빌딩 쪽으로 끌고 가."

"방패 없이 제대로 진입할 수 있겠습니까?"

"시간 끌면 좋을 거 없잖아. 여기서는."

잠시 뜸을 들인 후에 워키토키로 대답이 들렸다.

"앞서 가겠습니다."

속도를 높인 2호차가 강현준이 탄 1호차를 앞질렀다. 넘어진 돌담의 파편을 타 넘은 2호차가 속도를 높였다. 소총으로 조수석 쪽으로 붙은 좀비의 머리를 날려버린 강현준이 고동석에게 말했다.

"정지! 여기서 대기한다."

고동석이 UTV를 멈췄다. 로터리에 진입한 2호차가 요란한 사이렌 소리를 내면서 한 바퀴 돌았다. 잠시 후, 이화여고 쪽에서 한 무리의 좀비들이 내려왔다. 그들은 시간이 지나면서 안구가 새에게 쪼아 먹히거나 여러 가지 이유로 상해버린 시력 대신 청력에 의존했다. 그래서 트레저헌터들은 종종 소리나 빛을 이용해서 좀비들을 유인했다. 이번에도 효과를 봤는지 좀비들은 2호차 쪽으로 움직였다. 파괴된 로터리를 한 바퀴 돈 2호차는 배재빌딩이 있는 오르막길을 올라갔다. 좀비들은 시끄러운 소리를 내는 2호차를 따라서 오르막길로 올라갔다. 그걸 본 강현준이 워키토키로 지시를 내렸다.

"좀 끌고 가다가 통로로 먼저 복귀해."

"백업 안 해드려도 됩니까?"

"빨리 치고 빠질게. 어차피 가까워."

"그럼 먼저 가서 기다리고 있겠습니다."

무전을 끝낸 강현준은 무심코 옆을 바라봤다가 깜짝 놀랐다. 원피스를 입은 여자 좀비가 UTV 안으로 손을 집어넣으려고 했기 때문이다. 다행히 뚱보가 감아놓은 가시 철망 덕분에 막히고 말았다. 거리가 너무 짧아서 소총을 쏠 수도 없었다. 급한 김에 허벅지에 찬 K5 권총을 뽑아서 머리에 대고 방아쇠를 당겼다. 소음기를 끼우지 않아서 총성이 요란했고 매캐한 화약 냄새가 느껴졌다. 좀비 무리들은 사이렌을 울리는 2호차를 따라 오르막길로 거의 다 올라가서 크게 주의를 끌지 않았다. 한숨 돌린 강현준이 핸들을 잡고 있는 고동석에게 말했다.

"직진, 위로 올라간다."

고동석이 엑셀을 밟고 UTV를 움직였다. 부서진 보도블록 때문에 뒤뚱거리며 로터리를 지나친 UTV가 서서히 속도를 높였다. 정동극장 잔해에 새까맣게 앉아 있던 새 떼들이 소리에 놀라 하늘로 뿔뿔이 흩어졌다. 새 떼들이 앉은 자리에 나무로 된 십자가와 말라붙은 시체들이 있는 걸 본 고동석이 살짝 놀랐다.

"저건 뭡니까?"

"공개 처형."

"남조선에서 공개 처형이요?"

고동석이 놀란 눈으로 쳐다보자 그때의 기억을 떠올린 강현준이 얼굴을 찌푸렸다.

"북한에서 쏜 핵미사일로 180만 명이 죽었어. 사람들이 제정신이었겠어? 관련 있다고 생각된 사람들을 잡아다 족친 거지. 주로 북한말을 썼던 탈북자들이지."

"사회안전원, 아니 경찰은 보고만 있었답니까?"

"그걸 막을 경찰이 없었잖아. 얼마 후에 좀비가 나타나면서 흐지부지되었지."

폐허가 된 로터리를 지나서 강북삼성병원 사거리 쪽으로 올라가자 정동제일교회와 이화여고가 보였다. 핵폭발이 있기 전에 종종 왔던 곳이라 익숙했던 곳이지만 그때 봤던 심슨 기념관과 백주년 기념관은 모두 폐허가 되었고, 교문에서 보이던 구름다리도 바닥에 떨어져서 파괴된 흔적만 보였다. 한 뼘 정도만 남은 이화여고의 담장 근처에는 늘 사진을 찍던 보구여관 기념관 표지석이 옆으로 넘어져 있는 게 보였다. 돌담장과 가로수들 때문에 직접적인 타격은 입지 않은 것 같았다. 그런 강현준의 표정을 본 고동석이 조심스럽게 물었다.

"남조선에서는 연인들이 덕수궁 돌담길을 따라서 걸으면 헤어진다는 속설이 있다고 하던데 혹시 팀장님도 그중 한 명이었습니까?"

"난 모태솔로였어. 그리고 여긴 덕수궁 돌담길이 아니라고."

가볍게 넘긴 강현준은 폭삭 주저앉은 건물의 카페 간판을 밟고 서 있던 좀비를 겨냥했다. 흐릿한 로고가 남은 앞치마에 하얀 셔츠를 입은 것으로 봐서는 커피를 만들었던 바리스타 같았다. UTV가 가까이 다가오자 소리를 느낀 바리스타 좀비가 돌아섰다. 강현준이 이마를 겨냥해서 정확하게 소총을 발사했다. 퍼석거리면서 두개골이 깨지는 소리와 함께 좀비는 마치 바람 빠진 풍선 인형처럼 주저앉았다. 쓰러진 바리스타 좀비를 물끄러미 바라보는데 고동석의 목소리가 들렸다.

"앞에도 있습니다."

고동석의 얘기대로 정동길을 따라서 몇 마리의 좀비들이 내려왔다. 그쪽을 노려보던 강현준이 고동석의 어깨를 쳤다.

"저기 골목길 안쪽에 들어가서 세워."

"해치워버리지 않습니까?"

고동석의 물음에 강현준이 퉁명스럽게 대꾸했다.

"총알은 한계가 있고, 좀비는 언제 어디서 나올지 모르잖아."

핸들을 돌린 고동석이 잔해 사이의 골목길에 1호차를 세웠다. 좀비들이 앞을 지나가길 기다린 강현준이 가시 철망이 감긴 운전석의 문을 살짝 열었다. 뒤따라 내린 고동석이 물었다.

"앙리 마티스의 그림은 어디 있습니까?"

강현준은 대답 대신 맞은편에 있는 붉은색 벽돌 건물을 가리켰다.

"저기."

필로티 형태의 기둥들은 마치 치즈를 썰어놓은 것처럼 옆으로 기울어져서 오래된 아파트에 기댄 모습이었다. 낡은 아파트도 창문과 벽체 곳곳이 부서지고 금이 갔지만 그대로 서 있었다. 그걸 본 고동석이 중얼거렸다.

"새 건물은 자빠지고 오래된 건물은 멀쩡한 게 무슨 이유 때문입니까?"

"백전노장의 노련함 때문이지."

농담으로 맞받아친 강현준이 하늘 위를 바라보면서 헤드셋으로 이동민을 호출했다.

"내부 상태는 파악이 안 되나?"

"마커 2의 UGV가 고장이 나서 투하가 되지 않습니다."

"젠장."

"입구에 부비트랩이 있는 걸 보면 누군가 있거나 혹은 트레저헌터의 진입을 막으려고 한 게 분명합니다."

"유령의 소행일까?"

"스타일이 아니긴 하지만 가능성을 배제할 수는 없죠. 어떻게 하시겠습니까?"

잠깐 고민하던 강현준이 바닥의 돌을 발로 차며 대답했다.

"다른 출입구로 진입한다. 마커 2로 주변을 스캔해줘."

"그렇게 하겠습니다만 건물 내부로 진입하면 통신이 끊길 가능성이 높습니다."

"할 수 없지. 여기까지 와서 돌아갈 수 없잖아."

"알겠습니다. 최대한 백업하겠습니다."

주변을 살펴본 강현준은 장비가 든 가방을 매고 고동석에게 지시했다.

"화구통 메고 따라와. 좀비 말고 부비트랩도 있으니까 조심하고."

좀비들이 없는 틈을 타서 길을 가로지른 강현준은 아까 UGV가 들어가려던 입구에 도착했다. 옆에 있던 카페는 앞부분이 주저앉아서 2층까지 그대로 드러나 있었고, 앙상한 해골만 남은 시신이 기대어 있는 게 보였다. 보이는 모든 곳을 살펴보면서 옆으로 기울어진 건물 안으로 들어갔다. 바닥과 벽면의 대리석 타일이 깨진 채 수북하게 쌓였고, 핵폭발에 휩쓸려서 사망한 시신들의 흔적들이 고스란히 남아 있었다. 안으로 들어가자 한낮임에도 어둠이 엄습해왔다. 강현준은 가방에 넣어둔 4안식 야시경을 꺼내서 머리에 썼다. 고동석도 북한 특수작전군이 주로 사용했다는 양안식 야시경을 쓰고 버튼을 눌러서 켰다. 뿌연 형광색의 세상에 적응하는 데 잠시 시간이 걸렸다. 어느 정도 시간이 흐르자 강현준은 주변을 살폈다. 오른쪽은 화장실로 가는 좁은 복도와 엘리베이터가 보였다. 정면에는 음식점이 보였는데 간판은 다 떨어졌지만 모서리의 맥주병 로고가 남아 있는 것으로 봐서는 맥주를 팔던 곳 같았다. 그 옆은 음식점 같았는데 벽면의 유리가 다 깨지고 알루미늄 섀시가 앙상한 뼈대처럼 남아 있었다. 강현준은 고동석에서 화장실 쪽을 경계하라는 손짓을 하고는 깨진 가게 쪽으로 다가갔다. 한때 손님들이 앉아서 식사를 했을 테이블과 의자들은 기울어진 쪽으로 굴러가서 뒤엉켜 있었다. 다행히 좀비가 나타날 낌새는 보이지 않았다. 이제 위로 올라가야겠다고 마음먹고 돌아서는 순간, 정면의 맥주 가게에서 한 무리의 좀비들이 튀어나왔다.

"우라질!"

비록 빠르지는 않지만 좀비들에게 잡히면 빠져나오기 어려웠다. 한 군데라도 물리면 10분 안에 좀비로 변했기 때문에 아예 가까이 접근하지 않는 게 가장 좋은 방법이었다. 특히 건물 내부같이 폐쇄된 공간에서 좀비를 마주치는 건 악몽이었다. 총알은 한정되어 있지만 몰려드는 좀비는 항상 그것보다 많았기 때문이었다. 그래서 최선은 좀비와 마주치지 않는 것이었다. 하지만 폐쇄구역 서울 안에서는 행운 같은 건 존재하지 않았다. 한쪽 무릎을 꿇은 강현준은 가지고 있던 K-13 기관단총을 겨눴다. 4안식 야시경 안에 보이는 좀비들을 향해 소총의 레이저 포인터가 찍혔다. 급소인 머리를 겨냥해서 신중하게 한 발씩 사격을 했다. 터져 나간 머리가 형광색 파편으로 변해서 어둠 속으로 흩어졌다. 하지만 좀비들은 계속 몰려나왔다. 어둠 속에서 고동석의 짜증나는 목소리가 들려왔다.

"시발, 저 안에서 또아리라도 틀고 있었던 거야?"

마구잡이로 쏘아대는 고동석에게 강현준이 외쳤다.

"입 닥치고 신중하게 사격해. 경보병려단 출신이라며!"

"알겠습니다."

비꼬는 것 같은 대답 이후 총소리가 잦아들었다. 강현준은 빈 탄창을 뽑아 버리고 새로운 탄창을 끼우면서 앞쪽을 살펴봤다. 수십 마리의 좀비들이 맥주 간판 아래 쌓여 있었다. 일단 급한 불을 껐다고 판단이 된 강현준은 고동석에게 소리쳤다.

"사격 중지! 내가 살펴볼 테니까 엄호해!"

고동석이 사격을 멈추자 강현준은 신중하게 안쪽으로 발걸음을 옮겼다. 쓰러진 좀비들 중에 살아 있는 놈이 있는지 확인하다가 머리가 반쯤 날아갔지만 아직 꿈틀대는 뚱뚱한 좀비의 뒤통수에 총알을 한 방 먹였다. 안으로 들어가자 나무로 된 긴 테이블이 가운데 있었는데 폭발의 여파 때문인지 옆으로 넘어져 있었다. 해골 하나가 그 아래 깔린 게 보였고, 주변으로는 쌓여 있는 의자들이 야시경으로 보였다. 바짝 긴장한 강현준은 숨을 내뱉으면서 오픈 주방 쪽으로 움직였다. V자 모양의 헤링본 바닥은 여기저기가 들려 있어서 밟을 때마다 삐걱거리는 비명 소리가 났다. 주방 옆으로 돌아간 강현준은 옆으로 넘어진 업소용 맥주 케그를 발로 걷어찼다. 텅 빈 맥주 케그는 안쪽으로 굴러갔다. 예상대로 소리에 반응한 좀비 하나가 어둠 속에서 기어 나왔다. 허리 아래쪽이 사라진 좀비는 두 팔로 기어서 다가왔다. 속도는 느리지만 잘 보이지 않아서 폐쇄된 공간에서는 굉장히 위험한 좀비였다. 트레저헌터들끼리는 반쪽이나 반 마리라고 부르는데 머리를 쏠 각도를 위해 뒤로 물러나던 강현준은 튀어나온 헤링본 바닥에 걸려서 넘어지고 말았다. 충격 때문에 4안식 야시경이 흐려졌다.

"빌어먹을!"

그 와중에 반쪽이 좀비는 잽싸게 기어와서는 발을 붙잡았다. 발길질로 밀어내려고 했지만 괴성을 지르며 점점 더 위로 올라오려고 했다. 어디든 물리면 큰일이라서 발버둥을 치면서 틈을 주지 않으려고 했다. 발로 다시 한번 반쪽이 좀비를 밀어낸 강현준은 가까스로 총을 고쳐잡고 다리 사이로 겨눴다. 4안식 야시경이 여전히 흐렸지만 감으로 조준해서 방아쇠를 당겼다. 눈과 코 사이에 탄환이 박히자 반쪽이 좀비는 얼굴이 사라졌다. 축 늘어진 반쪽이 좀비를 발로 밀어내고 일어난 강현준이 주변을 살펴봤다. 다른 좀비들이 보이지 않자 한숨을 돌린 강현준은 로비로 나왔다. 그런데 고동석의 모습이 보이지 않았다.

"젠장!"

몸을 낮추고 벽에 기댄 강현준은 허리에 차고 있는 워키토키의 버튼을 눌렀다. 지직거리는 소리가 어둠 건너편에서 들려왔다. 다시 한번 버튼을 누른 강현준은 소리가 들린 쪽이 엘리베이터 옆 화장실 쪽이라는 걸 깨닫고는 얼굴을 찡그렸다. 어둡고 폐쇄된 곳은 굉장히 위험한 곳이었다. 좀비가 갑자기 나타나면 피할 수도 없고, 입구가 막혀버리면 빠져나갈 수가 없었기 때문이다. 그렇다고 두고 갈 수도 없는 상황이라서 강현준은 소총을 어깨에 둘러메고 권총을 뽑아 들고 조심스럽게 복도로 들어갔다. 경사진 곳이라 힘을 주어서 걸어갔다. 왼쪽에 화장실이 보였는데 입구에 부비트랩이 있는지 위아래로 살핀 강현준은 고개를 살짝 빼서 안쪽을 살폈다. 흐릿한 어둠 속에서 부서진 화장실의 문짝과 소변기 조각들이 보였다. 그대로 지켜보던 강현준은 무전기 버튼을 눌렀다. 지직거리는 소리가 화장실의 두 번째 칸에서 들려왔다. 그쪽으로 권총을 겨누는데 갑자기 문짝이 부서지면서 검게 뭉쳐진 그림자가 튀어나왔다. 뒤엉켜서 구분이 되지 않았던 그림자는 잠시 후 둘로 나눠졌다. 신중하게 지켜보던 강현준은 뒤틀린 몸짓을 보여주는 그림자를 향해 권총을 발사했다. 거칠게 튕겨 나간 탄피가 바닥에 튕기는 소리가 들렸다. 머리가 터진 좀비는 한동안 몸부림을 쳤다. 고동석은 겨우 몸을 일으켰다.

"자리를 지키라고 했잖아. 뭐하는 짓이야!"

"그, 그게 여기서 소리가 들려서."

"그럼 보고를 하고 가야지!"

확 짜증을 낸 강현준은 씩씩거리며 돌아섰다. 복도를 나온 강현준은 헤드셋으로 통신을 하려고 했지만 지직거리는 소리만 들리자 더욱더 짜증을 냈다. 어슬렁거리며 나온 고동석이 사과하자 강현준은 위쪽을 보며 한숨을 쉬었다.

"이제부터는 숨 쉬는 거 빼고는 내가 시키는 대로만 해. 알았어."

"그렇게 하겠습니다."

단단히 경고한 강현준은 먼저 계단을 올라갔다. 옆으로 기울어진 탓에 창밖으로는 옆 건물의 갈라진 벽이 보였다. 떨어져 나간 벽 사이로 한 무리의 좀비들이 쓰러져 있는 게 보였다. 보통 좀비들이 한 무더기로 쓰러져 있는 건 인간들을 공격하다가 그런 것이었다. 좀비들의 상태로 봐서는 폐쇄구역이 된 이후에 그런 것 같았다. 아마 어느 재수 없는 트레저헌터가 옆 건물에 들어갔다가 좀비들의 공격을 받은 게 분명했다. 잠깐 누군지 모를 트레저헌터의 명복을 빌어주고 다시 발걸음을 옮겼다. 금이 간 계단은 기울어지기까지 해서 올라가기가 쉽지 않았다. 한동안 말없이 따라오던 고동석은 다시 입을 열었다.

"몇 층까지 가는 겁니까?"

"10층."

"아까 로비에서 보니까 변호사 사무실이던데요."

"맞아. 박앤정 법률사무소지."

"유명한 화가의 그림이 왜 거기 있는 겁니까?"

계단참에서 멈춰선 강현준이 고동석을 돌아봤다.

"북한에서는 원래 질문을 안 하지 않나?"

"거기도 사람 사는 곳인데요. 그리고 없어졌잖아요."

고동석의 대답을 들은 강현준은 고개를 절레절레 저었다.

"의뢰인 얘기로는 잠깐 보관하려고 둔 거라고 했어. 거래를 박앤정에서 중개했다고 해서 말이야. 자기가 전문가를 대동해서 직접 보고 최종 결재를 하려고 했는데 전날 핵폭탄이 터진 거지."

"그럼 의뢰인 물건도 아니네요?"

"우린 그게 누구 물건인지 따지지 않아. 의뢰 받은 대로만 하는 거지."

"그런데 왜 트레저헌터들은 비싼 물건들을 고스란히 가져다주는 거죠? 어차피 이 안에 들어와서 찾는 건 다 불법이잖아요."

강현준은 4안식 야시경으로 계단 위쪽을 올려다보면서 대답했다.

"어쩔 수 없이 실패할 때를 제외하고는 의뢰받은 물건은 반드시 찾아주는 게 트레저헌터의 자존심이야. 우리끼리는 서로 구분하지만 의뢰인들은 구분하지 않아. 만약 누군가 그딴 짓을 저지르면 유령이 찾아가지."

"그래서 다들 유령을 무서워하는 겁니까?"

강현준은 고동석을 내려다보면서 대답했다.

"유령이 왜 유령인지 알아?"

고동석이 고개를 젓자 강현준이 말했다.

"직접 봤다는 사람이 없어서야. 그 얘기는."

손가락을 권총 모양으로 만든 강현준이 고동석을 겨누며 말했다.

"만난 사람 중에 살아남은 사람이 없다는 뜻이겠지."

"그런 것으로 이해됩니다."

"우리 일은 의문을 가지면 안 돼. 그러면 긴장감이 풀어지게 되니까."

강현준의 얘기에 고동석이 물었다.

"그러다 좀비와 만납니까?"

"지옥을 만나는 거지. 그러니까 더 묻지 말고 얌전히 좀 따라올래?"

"물론이죠."

대화를 마친 강현준은 다시 위로 올라갔다. 중간에 있는 비상구들은 폭발로 인해 뒤틀려 있어서 열리지 않았다. 어차피 좀비들이 나타날지 몰라서 조치를 취해야 하는 상황이라 차라리 다행이었다. 10층까지 천천히 올라가던 강현준은 중간중간 계단에 와이어를 걸었다. 그걸 본 고동석이 물었다.

"좀비들 때문입니까?"

"여기처럼 폐쇄된 곳에서 좀비들이랑 마주치면 끝장이야. 미리 확인해야지. 층수 기억해. 부비트랩은 좀비랑 인간이랑 구분하지 않으니까."

고개를 끄덕거린 고동석에게 강현준이 오른쪽 귀 위의 상처를 장갑 낀 손으로 가리켰다.

"두 번째로 투입되었을 때 입은 상처야. 갑자기 튀어나온 좀비를 피하다가 유리창 위로 넘어졌지. 만약 귀 아래쪽이었으면 동맥이 끊어져서 이런 얘기도 못 했을 거야. 좀비들은 말이야. 인정사정없어. 그냥 사람의 형태를 한 맹수라고 생각해. 인간을 먹잇감으로 생각하는."

바짝 긴장했는지 고동석이 대답 대신 고개를 끄덕거렸

다. 핵폭발로 인해 찌그러진 비상구를 살피던 강현준이 말했다.

"와서 좀 도와줘."

계단을 올라온 고동석이 총을 어깨에 메고 강현준과 함께 찌그러진 비상구를 밀었다. 강현준이 고동석에게 말했다.

"셋에 같이 민다. 하나! 둘! 셋!"

셋과 함께 비상구를 밀자 건물의 잔해가 우수수 쏟아졌다. 두 사람의 힘에 밀린 비상구가 앞으로 넘어지면서 자욱한 먼지를 일으켰다. 건물이 기울어진 탓에 두 사람은 한쪽 벽을 손으로 짚은 채 복도를 걸었다. 하얀색 타일은 물론 바닥의 대리석도 산산조각이 나서 움직이기가 쉽지 않았다. 사각거리며 유리가 밟히는 소리가 기울어진 통로에 울려 퍼졌다. 지붕의 타일도 떨어져 나와서 천장의 파이프와 전선이 축 늘어져 있었다. 높은 곳이라 기울기가 더 심해진 상태라서 걷는 게 더욱 힘들었다. 그나마 유리가 깨지면서 흘러들어온 빛 때문에 야시경을 쓰지 않아도 되었다. 야시경을 젖힌 강현준은 균형을 잡기 위해 위쪽에서 늘어진 전선을 무심코 움켜잡았다. 그런데 전선이 훅 빠지면서 위쪽에 있던 좀비가 우수수 떨어졌다.

"으악!"

놀란 강현준이 황급히 소총으로 떨어진 좀비들을 쏘아댔다. 하지만 급하게 쏘느라 급소인 머리를 맞추지 못했고, 팔과 다리, 몸통에 총을 맞은 좀비들은 아무렇지도 않게 일어났다. 뒤늦게 K5 권총을 뽑아든 강현준은 바로 앞에서 일어나는 좀비의 머리를 터트렸다. 샐러리맨이었던 것으로 보이는 좀비는 웃기게도 셔츠까지 낡아서 떨어져 나갔지만 목에는 넥타이가 그대로 걸려 있었다. 급한 불을 끄기는 했지만 사격을 하느라 균형을 잃어버린 탓에 창가 쪽으로 미끄러졌다.

"제기랄!"

권총을 떨어뜨리고 창틀에 겨우 매달린 강현준은 두 발이 밖으로 빠져나갔다. 미끄러진 강현준을 붙잡으려던 여자 좀비 하나가 괴성을 지르며 창밖으로 떨어졌다. 바로 옆에 붙은 건물에 부딪치면서 튕겨 나갔다. 양쪽 건물의 벽에 부딪치면서 글자 그대로 곤죽이 되어서 아래로 흘러내렸다. 한숨을 돌린 강현준이 고개를 돌리자 다른 좀비들이 손을 뻗어서 강현준을 잡으려고 했다. 어깨에 메고 있던 소총으로 쏘려면 한 손을 놔야 했지만 그럴 처지가 아니었다. 이제

끝이라고 생각한 순간, 좀비들의 머리가 하나씩 터져 나갔다. 머리가 터진 좀비들은 허우적거리며 아래로 떨어졌다. 한숨 돌린 강현준에게 조심스럽게 다가온 고동석이 손을 내밀었다.

"꽉 잡으십시오."

강현준이 고동석이 내민 손을 잡고 복도로 올라왔다. 구멍이 뚫린 천정을 올려다본 고동석이 중얼거렸다.

"무슨 좀비가 우박도 아니고……."

"위층에 있던 좀비가 천정이 무너지면서 떨어진 것 같아."

강현준의 설명을 들은 고동석이 혀를 찼다.

"여기는 참 지옥 같은 곳이군요."

"정신 못 차리면 우리도 지옥 속에 남겨지는 거야. 조심해서 따라와."

기울어진 복도를 조심스럽게 지나서 정면에 있는 문으로 향했다. 핵폭발의 충격 때문인지 문은 상당 부분 파손되었다. 강현준은 가방에서 꺼낸 장도리로 문짝을 뜯어냈다. 그리고 어깨로 밀어서 안으로 넘어뜨렸다. 자욱한 먼지와 함께 어두컴컴한 내부가 드러났다. 책상과 테이블이 기울어진 쪽으로 굴러와서 잔뜩 쌓인 가운데 금이 가고 부서진 벽들이 보였다. 강현준이 먼저 들어가서 책상 의자를 밟고 진입하자 고동석이 뒤따라서 들어왔다. 강현준이 균형을 잡기위해 안간힘을 쓰는 고동석에게 말했다.

"입구에 와이어 걸어놔."

"알겠습니다."

가방을 의자 위에 올려놓고 가방 지퍼를 열고 두 개의 나무 막대기를 꺼냈다. 양쪽으로 쭉 당겨서 와이어를 뽑은 다음에 문 아래쪽에 걸었다. 좀비가 들어오면 다리를 토막 내는 장치였다. 물론 좀비가 고통스러워하지는 않았지만 시간을 벌거나 기습당하는 걸 막을 수 있었다. 고동석이 와이어를 설치하는 동안 강현준은 벽이 불투명한 유리로 된 사무실 쪽으로 갔다. 깨진 유리를 장갑 낀 손으로 털고는 안으로 들어갔다. 카펫이 깔려 있는 바닥에 힘을 주고 선 강현준은 벽에 걸려 있는 앙리 마티스의 그림을 바라봤다. 놀랍게도 그림은 옆으로 약간 기울어졌을 뿐 멀쩡했다. 뒤따라들어온 고동석이 그림을 바라봤다.

"저게 앙리 마티스의 그림입니까?"

검정색 바탕에 하얀색 그림으로 어느 여인이 그려져 있었다. 두 손을 가지런히 모은 여인이 의자에 살짝 기댄 채

비스듬하게 앉아 있었다. 고동석이 위로 젖힌 양안식 야시경을 만지작거리면서 중얼거렸다.

"눈동자도 없고, 퀭한 게 꼭 시신을 앉혀놓고 그린 거 같습니다."

"그래서 좀비의 초상이라고 부르는 거 같아. 이 시대가 새롭게 재평가한 명작인 셈이지."

"종이 위에 그린 그림인데 시대에 따라 값어치가 변하는군요."

"잘 모르겠지만 그게 예술이잖아. 떼어내서 화구통에 담아. 얼른 나가자."

화구통을 챙긴 고동석이 그림이 붙은 벽으로 다가가는 동안 강현준은 좀비 와이어가 걸린 문 쪽으로 걸어갔다. 문턱을 발로 밟은 채 바깥을 살폈다. 기울어져서 옆 건물에 붙어 있는 상태라 위쪽은 보이지 않았다. 헤드셋을 손으로 잡은 채 말했다.

"이동민! 내 목소리 들리나?"

몇 번이고 이동민을 호출한 강현준은 지직거리는 소리만 들리자 짜증을 냈다. 그림을 떼어내서 바닥에 놓고 나이프로 액자에서 잘라내려고 하던 고동석이 물었다.

"통신이 안 됩니까?"

얼굴을 찡그린 강현준이 대답했다.

"이상하군. 지하도 아니고 통신이 안 될 위치도 아닌데 말이야."

"혹시 전파방해 장비 때문 아닐까요?"

고동석의 물음에 강현준이 벌컥 화를 냈다.

"유령이 설치했다고? 난 트레저헌터들의 규율에 어긋난 짓을 한 적이 없어."

"그렇다면 왜 그렇게 유령에 대해서 신경을 쓰십니까?"

"유령이니까. 그만 물어보고 그림 잘랐으면 화구통에 잘 넣어. 비싼 거야."

시키는 대로 액자에서 나이프로 그림을 잘라낸 고동석이 둘둘 말아서 화구통에 넣었다. 그리고 어깨에 멨다.

"완료했습니다."

"내가 앞장설 테니까 잘 따라와. 이제 잘 돌아가야 해."

"그런데 말입니다."

어깨에 메고 있던 소총으로 강현준을 조준하며 고동석이 차분한 눈빛으로 물었다.

"이상한 게 있네요."

"뭐가?"

"앙리 마티스의 이 그림 말입니다. 〈앙리 랑베르 양의 기억〉?"

"〈이본 랑베르 양의 초상〉이야."

"아무튼, 엄청 비싸다고 한 건데 왜 벽에 걸려 있었던 거 죠?"

"취향인가 봐."

"여기에서 일하는 변호사 것도 아니잖아요. 거래를 위해서 맡긴 거라면서요."

강현준이 우물쭈물하자 고동석이 쏘아붙였다.

"의뢰인이 거짓말을 한 거 아닙니까?"

거세게 추궁하는 고동석을 향해 돌아선 강현준이 말했다.

"맞아. 〈이본 랑베르 양의 초상〉은 가짜야. 10만 원 주고 프린트한 거지. 진짜는 필라델피아에 있어."

"왜 10만 원짜리 때문에 여길 들어온 건데?"

"너 때문이지. 구국군사위원회 오형선 대좌."

움찔한 고동석이 소총의 방아쇠를 당겼다. 옆으로 몸을 날린 강현준은 메고 있던 소총을 발사했다. 서로 벽을 등진 채 탄창이 비어버릴 때까지 사격을 가했다. 요란한 총성이 멈추고 구멍이 뚫린 벽으로 빛이 새어 들어왔다. 의자 더미

사이에 누워 있던 강현준은 빈 탄창을 뽑아 버리고 새 탄창을 끼운 다음에 천천히 몸을 일으켰다. 그림이 걸려 있던 벽 쪽에 있던 고동석이라고 불렸던 오형선 대좌는 옆구리에 피를 흘린 채 천천히 미끄러져 내려왔다. 강현준이 차가운 눈으로 내려다봤다.

"2029년 4월 4일 수요일, 청명이었지. 그날, 네놈들이 쏜 핵미사일로 수많은 사람들이 죽었어."

"공화국을 살리기 위한 결정이었어."

"네 나라도 살리지 못했잖아. 한국과 일본에 핵미사일을 쏘면 북한은 보복을 안 당할 줄 알았어?"

"모든 건 인민을 위해서!"

강현준은 오형선의 옆구리를 세게 밟았다. 피가 새어 나오면서 오형선이 신음 소리를 냈다.

"인민 좋아하시네. 네놈들 덕분에 그 인민들이 찬밥 대접을 받고 있어. 유령은 잠적한 구국군사위원회 놈들을 처벌하는 비밀조직의 이름이야. 나처럼 가족을 잃은 사람들이 모여서 만든 거지."

"과거에 묻혀 사는 가련한 동무군."

오형선의 비아냥에 강현준이 소총의 개머리판으로 입을

내리찍었다. 오형선이 부러진 이빨을 피와 함께 토해냈다.

"캄보디아로 도망친 네 가족들은 지금쯤 메콩강의 물고기 밥이 되었을 거야. 남은 동료들도 이제 곧이야. 중국으로 튄 놈들도 거의 다 잡았고 말이야."

입이 뭉개진 오형선이 뭐라고 말을 했지만 들리지 않았다.

"그래, 너 하나 처리한다고 왜 이런 생쇼를 했는지 궁금하겠지? 이동민 때문이야. 그놈이 네놈들의 협력자라는 건 진즉에 알고 있었어. 그래서 놈이 띄운 드론이 여기를 감시하는지 아닌지 계속 신경 쓰고 있었던 거야. 전파방해 장치도 내가 설치한 거고."

어머니를 떠올리느라 눈시울이 뜨거워진 강현준이 뜨거운 한숨을 내뱉었다.

"중국으로 튀었다가 잡힌 놈의 컴퓨터에서 재미난 걸 발견했지. 해외에 흩어져 있던 구국군사위원회 잔당들이 트레저헌터로 위장한다는 것을 말이야. 그리고 거기에서 너에 대해서 파악했어. 이동민이 눈치채지 못하게 널 처리하려면 이 방법밖에는 없어서 말이야."

얘기를 마친 강현준은 오형선을 문 쪽으로 밀었다. 거기에 좀비는 물론 사람도 두부처럼 잘라버리는 좀비 와이어가 있는 걸 알고 있던 오형선은 발버둥을 쳤다. 쓰러진 상태로 밀려가면 다리가 아니라 몸통 전체가 썰리기 때문이다. 그런 오형선을 한심하다는 듯 내려다본 강현준이 입을 열었다.

"자기는 죽는 게 무서우면서 어떻게 그 많은 사람들을 죽이는 결정을 한 거야? 죽더라도 신념을 안고 죽어봐. 그러면 고통을 느끼지 못할 테니까."

기울어진 바닥에 미끄러진 오형선은 좀비 와이어에 썰리기 시작했다. 어떻게든 피하기 위해 안간힘을 썼지만 어깨부터 머리, 그리고 몸통이 가로로 썰려나갔다. 몸부림을 치던 오형선은 머리가 잘린 다음부터는 더 이상 움직이지 못하고 그대로 썰렸다. 길게 잘려진 오형선의 몸통은 기울어진 복도로 흘러 나가서 창틀에 걸쳐졌다. 피와 내장들이 아래로 눈물처럼 쏟아졌다. 오형선이 떨어뜨린 화구통을 챙긴 강현준은 바지의 건빵 주머니에 넣어둔 전파방해 장치를 꺼내서 스위치를 내렸다. 그러자 지직거리던 헤드셋으로 이동민의 목소리가 들렸다.

"팀장! 제 목소리 들립니까?"

"잘 들려. 드론이 고장 났던 거야? 왜 통신이 안 된 거지?"

"모르겠습니다."

"장비 좀 잘 점검해. 그리고."

오형선의 처참한 시신을 힐끔 내려다본 강현준은 조심스럽게 복도로 나오며 덧붙였다.

"물건은 회수했는데 고동석이 죽었어."

"동석이가요?"

"응, 10층 복도 천정이 무너지면서 위에 있던 좀비들이 떨어졌어."

잠시 침묵이 흘렀다. 그 사이 복도 끝 비상구까지 걸어간 강현준이 상대방이 의심하기 전에 먼저 입을 열었다.

"드론으로 주변 스캔해서 보고해. 이번에도 통신이 안 되면 가서 쏴버린다."

"알겠습니다. 주변 스캔 시작하겠습니다."

"아웃."

통신을 끝낸 강현준은 계단을 내려가기 전에 오형선의 시신이 있는 복도를 바라봤다. 매미가 시끄럽게 우는 소리가 들렸다. 어느 정도 마음이 진정된 강현준은 마음속으로 어머니를 부르며 계단을 내려갔다.

작가의 말

〈이본 랑베르 양의 초상〉을 처음 보고 느낀 점은 살아 있는 존재가 아닌 것 같다는 생각이었습니다. 앙리 마티스가 1914년에 그린 것으로 알려진 이 그림은 회색 바탕에 검정색과 회색으로 가지런히 손을 모은 여성을 그렸습니다. 하지만 칙칙하면서도 어두운 배경에 눈동자도 없고, 손등에도 핏기 하나 없어서 마치 죽었다가 깨어난 좀비를 보는 느낌이었죠. 그래서 이 그림을 선택해서 좀비 이야기로 풀어봤습니다. 죽은 것 같은 그림을 찾아서 죽어버린 도시로 들어가는 트레저헌터들의 이야기죠.

모든 삶은 죽음과 이어져 있다고 믿습니다. 하지만 좀비는 삶과 죽음을 넘나드는 존재이며, 불멸의 삶이면서 저주받은 삶이기도 하죠. 〈이본 랑베르 양의 초상〉을 보면서 비슷한 생각이 들었습니다. 분명, 이본 랑베르 양을 보고 그렸지만 당사자의 삶을 그대로 옮겨놓지는 않았다고 말이죠. 제가 사랑하는 좀비와 너무나 닮아 있는 것 같아서 정말 쉽게 글이 써졌습니다.

사냥의 밤

×

박산호

● **구르고 남작 부인의 초상**, 1924, 프랑스 파리 장식 미술박물관

뭐든 자기 맘대로 해야 직성이 풀리는 스타일 같아.

남자들은 그런 거 싫어하지.

1

　눈을 뜨자 드릴로 전두엽을 뚫는 것 같은 두통이 느껴졌다. 머리를 부여잡고 일어나는 순간 갈증이 일었다. 제일 급한 건 금방이라도 터질 것 같은 오줌보. 나는 트렁크 팬티만 입은 채 화장실로 갔다. 시원하게 오줌을 갈긴 후, 손을 씻으며 거울을 봤다. 약간 충혈됐지만 큰 눈, 우뚝한 코, 두툼한 입술, 날렵한 턱. 음, 다행히 얼굴이 생각보다 안 부었군. 나는 두 손으로 뺨을 쓰다듬으며 나의 예술적인 턱선을 다시 감상했다. 이거 만들자고 쏟아부은 돈이 대체 얼마야.

　어제 친구들과 4차까지 가면서 마지막에 간 포차에서 라면 사리를 넣은 부대찌개를 친구들이 아귀처럼 퍼먹을 때도 나는 냄비에 숟가락도 담그지 않았다. 독한 놈이라고 호

들갑을 떠는 새끼들에게 소리 질렀다. "야, 구독자 56만이 거저 생긴 줄 아냐. 이게 다 닭가슴살과 날고구마와 풀 쪼가리만 먹으면서 관리한 결과야. 너희들의 못생김은 다 노오오력이 부족해서야. 여친 만들고 싶으면 내가 운영하는 '사냥의 밤' 신청해!" 그렇게 잘난 척은 다 하고 술값 내라는 말이 나오기 전에 슬쩍 내뺐다.

"딩동." 느닷없이 초인종이 울렸다. 아침부터 뭐야? 보나마나 여호와의 증인이거나 잡상인이겠지. 초인종은 집요하게 울려댔다. 꺼지라고 소리를 지르려는 찰나 현관문 너머로 남자의 목소리가 들렸다. "김기준 씨 계신가요? 우체국에서 등기가 왔어요." 나는 허겁지겁 추리닝 바지를 꿰입고 달려가면서 기다리라고 외쳤다. 어젯밤 들어와 방바닥에 던져놓은 가방에 발이 걸려 넘어질 뻔하면서 현관문을 연 순간 언뜻 봐도 싸구려로 보이는 양복 재킷이 터질 듯한 거구의 남자와 눈이 마주쳤다.

뭐, 뭐지? 의아할 틈도 없이 그 사내가 다짜고짜 나를 밀고 현관으로 들어왔다. 뒤를 이어 작달막한 남자 하나가 들어와 문을 닫았다. 키가 작고 비쩍 마른 왜소한 체격이었지만, 눈빛만은 송곳처럼 날카로웠다. 이 와중에 참 안 어울리는 한 쌍이라는 생각이 들었다.

"누, 누구세요? 왜 허락도 없이 남의 집에 들어와요?" 나는 가까스로 배에 힘을 주고 물었다.

"김기준 씨 맞죠?" 키 작은 남자의 질문에 무심코 고개를 끄덕이자, 거한이 솥뚜껑처럼 큰 주먹을 들어서 내 배를 후려쳤다. 순간 숨을 쉴 수 없어 상체가 폴더폰처럼 접히는 순간 거한이 내 멱살을 움켜쥐고 귀싸대기를 날리려 했다. 그때 키 작은 남자가 손을 들어 제지했다. "잠깐, 얼굴은 때리지 마. 유튜버라며. 장사 밑천에 기스 나면 안 돼."

내가 컥컥거리며 대체 왜 이러냐고 묻자 또 주먹이 날아왔다. 너무 아파서 눈물이 찔끔 나는데 키작남이 서늘한 목소리로 말했다. "김기준 씨, 유명 유튜버라서 그런지 연기 참 좋네. 아주, 아카데미 남우주연상을 받아도 되겠어. 너님이 우리 스마일대출에서 빌려 간 돈을 벌써 석 달째 연체 중이잖아. 원금에 이자까지 합해 1억 7천이나 밀린 주제에 문자도 씹고, 전화도 씹으니 이렇게 우리가 친히 올 수밖에. 참 안타까운 일이지 않아요?" 말로는 안타깝다면서 하나도 안타깝지 않은 표정으로 키작남이 눈짓하자 거한이 양복 안주머니에서 은빛으로 반짝이는 뭔가를 꺼내 내 왼쪽 발등을 내리찍었다. "아악!"

"너님, 상환은 언제 할래요? 이 순간에도 이자는 째깍째깍 올라가고 있어요."

나는 키작남 앞에 넙죽 엎드려 싹싹 빌며 말했다. "제발, 한 달, 한 달 안에 다 갚을게요. 제 유튜브에 거액을 투자하겠다는 투자자를 오늘 만나기로 했어요. 제발." 나는 눈물과 콧물을 줄줄 흘리면서 키작남의 바짓가랑이를 붙잡고 늘어졌다. 키작남은 거한이 들고 있던 무기(인제 보니 렌치였다)를 받아 내 뒤통수를 툭툭 내려치며 말했다. "한. 달. 이. 라. 대출받을 때 서명한 신체 포기 각서 잊지 마시고. 귀찮게 숨을 생각하지 마시고. 앞으로도 우리 연락은 꼬박꼬박 잘 받으시고. 그럼 또 보자고." 그는 입에 본드가 붙은 것 같은 거한을 꽁무니에 달고 유유히 나갔다.

놈들이 나가자마자 현관문을 잠그고 바닥에 털썩 주저앉아 발등을 살펴봤다. 렌치에 맞은 발등은 작은 알감자 한 알을 올려놓은 것처럼 벌써 혹이 올라오려 했다. 한숨이 절로 나는데 욕실에 놔둔 핸드폰이 윙윙 울어댔다. 절뚝거리며 가서 핸드폰을 집어 들자, 액정 화면에 '왕 큰 소영'이라고 떴다. 제기랄, 이년은 왜 또 아침부터 전화질이야. 핸드폰을 쥔 채 냉장고에서 생수병을 꺼내 벌컥벌컥 마셨다. 전화가 끊어지고 문자 알림음이 들렸다. '오빠, 전화 왜 안 받아? 어제 또 뜨밤? 콜 줘. 대박 건수!!!'

'대박'이란 글자를 보자 심장이 쿵쾅쿵쾅 뛰기 시작했다. 하늘이 무너져도 솟아날 구멍이 있다던데. 그게 혹시 소영일까? 바로 통화 버튼을 눌렀다.

"역시 대박이라니까 답콜 빠르네." 소영은 강한 경상도 억양에 간드러진 목소리로 말했다. 이 두 조합이 의외로 섹시한 걸 아는 영리한 년. 소영과 나는 강남의 한 성형외과 수술 동기다. 소영이는 가슴과 쌍까풀, 나는 턱과 코 수술을 받으러 갔다가 눈이 맞아 섹파가 됐지만 얼마 전 정리하고, 지금은 구독자 50만 이상 유튜버 클럽의 같은 멤버로 가끔 만난다. 소영은 성형수술이 성공해서 몰라보게 화려해진 외모로 결혼정보회사에서 커플 매니저로 일하면서 결혼에 관한 조언을 해주는 유튜브를 운영해 인기를 끌고 있다. 내게 얼굴이 훈훈하고 말발이 죽이니 연애 상담 유튜버를 해보라고 조언한 것도 소영이었다.

"대박 건수란 게 뭔데?"

"오빠야, 그 소문 사실이야? 김떵 코인 유투버에 말려서

겁나 손해 봤다며? 지금 그 인간 때문에 한강 수온 체크하는 사람이 한둘이 아니라던데. 혹시 오빠야도 코지 코인에 몰빵했나?" 깔깔거리는 소영의 목소리에 순간 이년의 목을 조르고 싶은 충동이 올라왔지만 애써 참았다.

"그까짓 거 개인 컨설팅 몇 번 하면 다 메꿀 수 있어." 나는 짐짓 허세를 부렸다.

"그래? 그럼 대박 건수는 다른 데 토스할까?"

"잠깐! 일단 들어나 보자."

소영이 간드러지게 웃더니 목소리를 낮춰 말했다.

"내가 관리하는 여자 회원이 하나 있어. 가진 건 돈밖에 없는데 급하게 결혼해야 할 사정이 있거든. 그런데 이게 내가 소개해주는 남자마다 퇴짜를 놔서 짜증 폭발이었는데. 글쎄……."

소영은 말을 뚝 끊어먹었다. 나는 쌍욕을 퍼붓고 싶은 걸 참고 억지로 다정한 목소리를 쥐어짜냈다.

"뭔데 말을 하다 말아. 계속해."

"우리 오빠야가 급하긴 급한가 보네. 하하하. 그 여자가 국내외 합쳐 레스토랑이 스무 개가 넘는 레스토랑 재벌 딸인데, 작년에 갑자기 부모님이 돌아가셨어. 그런데 외동딸

혼자 사업하는 건 마음이 안 놓인다고 부모님 사후 6개월 안에 결혼하지 않으면 전 재산을 사회에 기부한다는 유언을 남겼다나 봐. 그래서 몇 달째 신랑감을 찾고 있는데. 글쎄, 그 여자가 우연히 오빠 유튜브를 봤다가 오빠에게 반했나 봐, 대박."

나는 생수병에 남은 물을 한번에 비우고 대꾸했다. "그러니까 뭐야. 지금 나보고 그 여자랑 결혼하라는 거야?"

"그거야 그쪽이 오빠를 '픽' 해야 가능한 거고. 우선 그쪽에서 오빠를 마음에 들어 하는 눈치니 최선을 다해 꼬셔보라는 거지. 이참에 진정한 픽업 아티스트의 재능을 발휘해봐. 결혼 한 방으로 오빠야 인생에 리모델링 들어갈 수도 있잖아?"

"그러면 너에겐 뭐가 떨어지는데?" 매사 이기적이고 계산적인 소영이 이런 실한 건수를 물어다 주는 게 어쩐지 좀 의심스러웠다.

"나? 결혼하면 성공 보수 1억이야. 단, 한 달 안에 해야 해. 유언장에 지정된 기간이 한 달밖에 안 남았거든."

한 달이라. 나는 머리를 빠르게 굴렸다. 나도 한 달, 상대도 한 달. 어쩌면 이건 정말 하늘이 주신 기회일지도 모른다. 솔직히 요즘은 유튜버 구독자 증가도 정체기고, 콘텐츠

소재는 바닥났고, 이대남과 페미들의 전쟁 때문에 연애 상담 건수도 예전 같지 않다. 이것들이 싸우느라 통 연애를 안해. 이참에 소영이 말대로 인생 역전 한 번 해봐?

"그럼 한 번 만나나 보지 뭐. 여자는 이뻐?"

"오빠야, 연애 고수가 뭐 얼굴에 집착하노? 돈 많은 거, 그기 능력이고 미모고 재능이다."

답을 제대로 안 하는 거 보니 돼지인가? 아니면 이목구비가 굉장히 예의 없게 생겼나? 뭐, 지금 찬밥 더운밥 가릴 처지는 아니지.

"내 메일로 그 여자 정보 좀 보내줘. 작업하는 데 도움이 될 만한 건 전부 다. 취미, 취향, 습관, 라이프스타일, 가능하면 하루에 화장실을 몇 번 가는 것까지. 이거 성공하면 나도 한 장 줄게."

"오케이. 우리 오빠야가 마음만 먹으면 못 꼬실 여자가 없다 아이가. 밤일도 끝내주고." 소영은 요란하게 웃어대더니 그럼 수락한 것으로 알고 첫 만남을 주선하겠다고 하고 끊었다.

2

지하철역을 나와 뙤약볕을 받으며 구불구불한 언덕배기 길을 30분이나 올라간 끝에 소영이 말한 미술관이 나왔다. 팥죽 같은 땀을 흘리며 걷는 바람에 입고 온 파란색 랄프 로렌 반소매 셔츠의 겨드랑이가 축축해졌다. 여자들이 환장하는 남친룩의 정석인 얇은 긴팔 재킷은 지하철에서 나오자마자 팔에 걸치고 왔다. 미술관의 호화로운 1층 로비에 도착하자마자 화장실로 직행해 땀을 씻어내고 가방 속에 미리 넣어둔 데오드란트를 뿌렸다. 그리고 어젯밤 인터넷에서 검색해 달달 외운 앙리 마티스의 프로필과 작품 세계를 다시 떠올렸다.

오늘 만나기로 한 상속녀 이름은 서아리. 스물다섯으로 나보다 네 살 연하였다. 어린 건 좋군. 그런데 20대치고는 특이하게 SNS를 하지 않았다. SNS를 자주 하는 사람은 대체로 아무 경계심 없이 사적인 정보를 몽땅 풀어놔서 그것만 캐봐도 대충 견적이 나오는데, 아깝다. 소영이 준 프로필에 보면 서아리는 서울의 중위권 대학에서 식품영양학과를 나와 가족이 운영하는 레스토랑 사업을 돕고 있고, 덕분에

요리는 수준급이며, 그림을 좋아해서 전시회 다니는 게 취미라고 했다. 첫 만남도 서울의 한 미술관에서 열리는 앙리 마티스 전시회에서 이뤄지게 됐다.

어쨌든 얼굴을 봐야 미술관에서 알아보지 않겠냐는 나의 불평에 소영이 보내준 서아리의 사진은 아주 작은 데다 화질이 몹시 구렸다. 짧은 단발머리에 눈, 코, 입이 있는 여자구나, 정도만 간신히 파악할 수 있었다. 어지간히 외모에 자신이 없나 보다 싶었지만 외모 콤플렉스가 그녀를 공략할 무기가 될 수도 있으니 상관없다. 소영은 서아리가 내 얼굴을 아니까 그림을 보고 있으면 와서 말을 걸 거라고 했다.

나는 1층 전시실로 갔다. 부드러운 조명을 받으며 다양한 크기의 그림이 걸려 있었다. 제일 먼저 눈에 들어온 건 파란색과 옅은 초록색 바탕에 벌거벗은 사람들이 손을 잡고 춤을 추는 그림이었다. 앙리 마티스로 검색했을 때 가장 많이 뜬 그림이기도 했다. 제목도 〈춤〉이라고 했지 아마. 저게 왜 그리 대단한 걸작인지 모르겠다. 다들 홀딱 벗고 강강수월래를 추는 것 같은 모양새가 약 빨고 집단 난교를 하기 직전인 것처럼 보이는데.

지금까지 수많은 여자와 데이트하느라 전시회도 뻔질나

게 다녔지만, 솔직히 다리만 아프고 그녀들의 옷을 벗길 타이밍을 고민하느라 그림을 제대로 본 건 손에 꼽을 정도였다. 주위를 둘러보니 전시실을 반쯤 채운 사람들은 혼자, 혹은 두셋씩 다니며 동행과 소곤거리느라 나에겐 눈길도 주지 않았다.

서아리는 아직 안 온 것 같았다. 대부분 소화불량에 걸린 것처럼 얼굴을 찡그린 그림 속 여자들을 보다 애플워치를 확인하니 약속 시간이 거의 한 시간이나 지났다. 망할, 시간 안 지키는 인간은 정말 극혐인데. 그래도 아쉬운 건 나니 참자. 다시 전시실을 걷는데 며칠 전에 들이닥친 거인과 키작남이 떠올랐다. 그래, 어떻게든 이 서아리라는 물주, 아니 여자를 잡아서 결혼에 골인해야 해. 나는 무의식중에 주먹을 꽉 쥐었다.

"김기준 씨?" 청아한 목소리가 들려 고개를 돌렸다. 찰랑거리는 검은 머리에 이목구비가 시원시원하게 생긴 미인이 서 있었다. 아니, 서아리가 이런 미인이었어? 나는 마음속으로 환호성을 지르며 고개를 끄덕였다. 서아리는 적당히 큰 키에 운동을 즐기는 여자인지 무릎까지 오는 스커트와 니트 반소매 셔츠 밑으로 보이는 긴 팔다리가 탄탄해 보였다.

거기다 귀걸이에 핸드백까지 잽싸게 스캔해보니 딱 봐도 이천이 넘었다.

"늦게 와서 죄송해요. 길이 너무 막히더라고요. 기준 씨는 오면서 고생하지 않으셨어요?" 서아리는 말과는 달리 그다지 미안하지 않은 표정으로 말했다. 그렇게 미안하면 늦는다고 문자라도 보내든가. 부잣집 딸이라 버릇없이 커서 그런지 매너가 똥이네. 나는 마음속으로 혀를 찼지만, 환한 미소를 지으며 답했다.

"마침 차가 정기 점검 받는 날이라 지하철 타고 왔습니다. 저도 막 왔어요." 코인에 몰빵 했다 망해서 차도 판 지오래지만, 입이 찢어져도 그런 말은 못 하지.

"그림은 좀 보셨어요? 마음에 드시는 그림이 있었나요?" 서아리가 물었다. 나는 입을 열었다가 생각을 고쳐먹었다. 인터넷만 열면 나오는 정보 따위에 이 여자의 마음이 흔들리진 않을 것 같았다. 이럴 땐 진심으로 승부해야 한다.

"전 이 그림이 눈에 들어오더군요." 나는 서아리를 인도해 벽 끝에 걸린 그림으로 갔다. 진보라색 블라우스를 입고 목에 목걸이를 건 한 중년 여자가 테이블 위에 손을 올려두고 앉아 있었고, 맞은편에 노란 옷을 입고 앉아 있는 여자의 뒷모습이 나온 그림이다. 〈구르고 남작 부인의 초상〉이라는 제목이 밑에 붙어 있었다.

"오호, 색다른 선택이네요. 왜 이게 마음에 드세요?" 서아리는 흥미롭다는 눈빛으로 나를 보며 물었다. 나는 침을 꿀꺽 삼켰다.

"남작 부인의 시름 어린 표정이 왠지 모르게 제 마음을 건드리더군요. 그리고 이 여자." 나는 뒷모습만 나온 여자를 손으로 가리켰다. "어쩌면 이 여자가 바로 남작 부인을 시름에 잠기게 한 원인 제공자는 아닐까? 그렇다면 그 원인은 무엇이었을까? 아리 씨를 기다리며 그런 상상을 해보고 있었습니다."

"이런, 금방 오셨다더니 많이 기다리셨나 봐요? 사과의 뜻으로 오늘 저녁은 제가 대접할게요."

오, 첫 만남에 밥까지 산다니 내가 마음에 들었나 봐! 나는 째지는 기분을 감추기 위해 자꾸 올라가는 입꼬리를 애써 끌어내리며 대답했다.

"아뇨, 저녁은 제가 사야죠. 이렇게 만나주셨는데. 전시회 표도 보내주셨고." 그런데 설마 첫 만남부터 특급 호텔에 가서 저녁 먹자고 하는 건 아니겠지? 내가 지금 있는 집 자식

씀씀이에 맞춰줄 형편이 아닌데. 나는 다섯 장의 신용카드 중 다 연체되고 유일하게 한 장 남은 카드를 떠올리며 말했다.

서아리가 빙긋 웃으며 말했다.

"솔직히 말하죠. 제게 시간이 얼마 없는 거 소영 씨에게 들어서 아실 거예요. 제가 기준 씨 유튜브 보고 마음에 들어서 소개를 부탁했는데, 직접 만나니 느낌이 더 좋네요. 제가 사업하시는 부모님 밑에서 자라서 사람 보는 눈이 좀 있거든요. 그림도 다 봤겠다, 그만 저녁 먹으러 가죠."

"벌써요? 아직 3시 반밖에 안 됐는데. 먼저 차라도 마시면서 이야기를……." 왠지 서아리에게 주도권을 빼앗긴 것같아 가볍게 딴지를 걸어봤지만, 씨알도 먹히지 않았다.

"아, 저녁은 저희 레스토랑에서 먹죠. 아버지가 10년 전에 시작하신 1호점을 보여드리고 싶은데 마침 경기도에 있어요. 지금 출발해도 저녁때나 도착할걸요." 그녀는 대답을 기다리지도 않고 전시회 출구로 걸어갔다. 재벌 딸이라 그런지 추진력 미쳤네. 원하는 건 항상 갖고야 마는 그런 캐릭터인가. 나는 멍하니 있다가 그녀의 끝내주는 뒤태를 보고 다시 마음을 다잡았다. 그래, 누가 주도권을 쥐면 어때? 저렇게 화끈한 여자가 막대한 재산까지 들고 올 텐데. 나는 20개가 넘는 레스토랑을 내가 진두지휘하는 광경을 상상했다. 그러자 배에 저절로 힘이 들어갔다.

미술관 지하 주차장에 있는 서아리의 차는 무려 벤틀리였다. 인기 유튜버 모임에서 500만 구독자를 달성한 청방님이 몰고 온 파란 벤틀리를 보고 그때부터 나의 드림카가 됐는데. 서아리와 결혼하면 저걸 매일 몰 수 있다는 거잖아! 내가 조수석에 타자 서아리는 안전띠를 맸는지 확인한 후 일산에 있다는 레스토랑을 향해 출발했다.

"타던 차가 싫증 나서 이거 뽑은 지 일주일밖에 안 됐어요. 아직 익숙하지 않아서 운전에 집중해야 할 것 같아요. 이야기는 레스토랑에서 편하게 하죠." 서아리가 말했다. 벤틀리 타기 전에 싫증 났던 차는 뭐냐고 묻고 싶은 걸 참고 나는 고개를 열심히 끄덕였다. 그래, 대화야 결혼하면 지겹게 할 건데 뭐. 서아리는 서울의 도로를 빠져나올 때까지 짜증스러울 정도로 천천히 갔다. 내가 대신 운전하면 안 되겠냐는 말이 몇 번이나 목구멍 밖으로 나왔다가 다시 들어갔다. 그러다 뻥 뚫린 고속도로로 나오자, 핸들을 부여잡은 그녀의 눈빛이 돌변했다. 속도계 바늘이 내 심박수보다 빨리 올라가는 차 속에서 나는 안전띠를 두 손으로 부여잡은 채 몇 번이나 헛구역질을 참아야 했다.

놀이공원에 가도 자이로드롭 같은 기구는 절대 타지 않는 내가 이러다 죽지, 싶었을 때 서아리의 목소리가 들렸다. "도착했어요. 차를 길들이려고 살짝 달려봤는데. 어머나, 기준 씨 안색이……." 그녀는 걱정스러운 눈빛으로 나를 바라봤다. 아니, 광년이도 아니고 무슨 운전을 그따위로 하냐고 항의하고 싶었지만 대신 덜덜 떨리는 손을 주머니에 쑤셔넣고 힘없이 미소 지었다.

"아니에요. 오늘 아리 씨 만날 생각에 들떠서 어젯밤에 잠을 설쳐서 그래요. 저는 완전 괜찮습니다." 나는 부러 두팔을 번쩍 들어 보이고 나서 차에서 내렸다. 그리고 금방이라도 풀릴 것 같은 다리에 힘을 주고 서서 앞에 있는 레스토랑을 본 순간, 서아리를 향한 울분이 단숨에 사라졌다. 그곳은 요즘 유행하는 실내 정원 콘셉트의 베이커리 카페 겸 레스토랑이었다. '스페이스 9'이라는 은빛 네온사인이 반짝이는, 궁전같이 웅장한 6층 건물의 위용에 나는 그만 아찔해지고 말았다. 그때 흰 와이셔츠에 검은 조끼를 입고 나비넥타이를 맨 중년 남자가 레스토랑에서 나와서 서아리에게 깍듯하게 인사했다.

"오셨어요, 대표님?"

"네, 김 매니저님. 주차 좀 부탁할게요. 루프톱은 준비됐죠?"

"네, 지시하신 대로 했습니다. 바로 올라가시겠어요?"

"그러죠." 서아리는 손목에 찬 시계를 힐끗 봤다. 와우, 인제 보니 롤렉스야. "식사는 10분 후에 내오라고 주방에 전해 주세요."

서아리는 김 매니저라는 남자와 짧은 대화를 마치고 나에게 고개를 돌렸다. "식사는 6층에서 하기로 해요. 1층부터 같이 올라가면서 구경하실래요?"

"좋죠." 그래, 이 여자만 잘 작업하면 이게 다 내 것이 될 테니 미리 둘러보는 게 좋겠지. 서아리가 앞장서서 유리 회전문을 열고 들어갔다. 어이쿠, 먼저 가서 에스코트했어야 했는데. 한동안 데이트를 쉬었더니 감이 떨어졌네. 나는 한숨을 쉬며 서아리를 따라갔다.

1층부터 3층까지는 카페인데 거대하고 이국적인 나무와 각양각색의 화초가 어우러져 마치 비밀의 화원에 온 것 같았다. 그 사이사이에 배치된 테이블마다 손님들로 꽉 차 있었고, 카페 앞쪽에 있는 주문 데스크에서 사람들이 여러 줄로 서서 주문하고 있었다. 저게 다 얼마야? 일주일 매출이면 내 사채 정도는 갚고도 남겠어.

나는 입맛을 다시며 서아리를 따라 에스컬레이터를 올라가 4층 갤러리에 도착했다. 갤러리는 운영 시간이 끝나 닫혀 있었지만 서아리가 핸드백에서 키 카드를 꺼내 잠금장치에 대자 바로 열렸다. 그녀가 손뼉을 딱 치자 갤러리가 일순간에 환해졌다. 벽에 걸린 그림들을 본 순간 내 입이 떡 벌어지고 말았다. 서아리는 그런 내 표정을 보더니 만족스러운 듯 빙긋 웃었다.

"아까 앙리 마티스 전시회도 좋지만, 사실 전 이쪽 취향에 가깝답니다. 히에로니무스 보스, 프란시스코 고야, 루이스 부르주아 같은 화가들의 강렬한 그림에 끌리더라고요. 인간의 근원적인 욕망을 극한까지 추구하는 그런 풍이 마음에 들어서 요즘 모으고 있어요. 기준 씨는 어떻게 생각하세요?" 서아리는 나를 찬찬히 살펴보며 물었다. 어쩐지 시험하는 듯한 눈빛. 아니, 사실 오늘 일정이 전부 테스트의 연속이겠지. 약속 시간에 늦게 와서 나의 인내심을 시험하고, 지옥의 드라이브로 담력을 확인하고. 이제는 느닷없는 그림 감상으로 취향의 세련됨을 판단하려는 의도인가? 하긴 재벌 집 딸이 취향 후진 남자랑 살고 싶진 않겠지.

나는 뒷짐을 지고 천천히 걸으며 그림을 하나씩 살펴봤다. 한눈에 봐도 범상치 않았다. 색감이며 형태며 선이며 공포 영화나 괴수 영화에 영감을 주기에 충분할 정도로 그로테스크하고 섬뜩했다. 보다 보니 팔뚝에 소름이 오소소 돋았다. 아까 운전할 때도 느꼈지만 이 여자 어쩐지 위험하게 느껴졌다.

그때 오피스텔에 들이닥친 2인조 조폭이 생각났다. 그래, 아무리 그림이 무서워봤자 내 장기를 남김없이 해체해준다는 놈들보다 더 무섭겠어? 나는 프랜시스 베이컨의 〈헤드 VI〉라는 제목이 붙은 그림을 가리켰다. 보라색 망토 같아 보이는 옷을 입은 남자가 의자에 앉아 소리 없는 비명을 지르고 있었다.

"이 그림이 마음에 드세요?" 서아리가 물었다.

내가 고개를 끄덕였다.

"왜죠?"

"요즘, 이 남자처럼 절규하고 싶은 일이 많았거든요. 살다 보면 누구나 이렇게 아무에게도 말할 수 없는 고통을 토해내고 싶은 순간이 있지 않을까요?" 나는 그렇게 말하며 서아리의 눈을 바라봤다. 서아리는 순간 놀란 표정이더니 이내 눈이 살짝 붉어지며 고개를 끄덕였다. "그렇죠. 저도 부모님이 돌아가신 후로 그런 순간이 많았어요." 그녀는 조용히 말했다. 빙고! 드디어 공략 포인트를 찾았다. 때맞춰 내 배에서 요란하게 꼬르륵 소리가 났다. 우리는 웃음을 터트렸다.

"시장하시죠? 이제 6층으로 갈까요?" 서아리가 물었다.

"6층이요? 레스토랑은 5층이라고 하지 않았나요?"

"네, 레스토랑은 5층 맞는데. 오늘은 기준 씨와 조용히 먹고 싶어서 6층 루프톱 바를 비우라고 했어요. 별을 보며 먹는 밥맛은 어떨지 궁금하지 않으세요?" 역시 있는 인간들의 '클라스'는 다르구나. 식당을 통째로 비우는 건 드라마에만 나오는 줄 알았는데.

나는 슬쩍 서아리의 손을 잡으며 말했다. "네, 궁금해요."

3

　나는 화장실이 급하다는 핑계를 대고, 서아리에게 먼저 올라가라고 했다. 그리고 화장실로 들어가 서아리를 만난 직후 꺼놓은 핸드폰을 켜자마자 부재중 전화 30통과 함께 문자가 물밀듯이 들어왔다. 모두 자신을 이 실장이라고 소개한 키작남이 보낸 문자였다. 상환 기간이 25일 남았으며, 이를 어길 시 내 몸속 장기들을 어떤 순서로 도려내서 어디다 쓸지 아주 확실하게 명시돼 있었다.

　이 새끼, 문과 나왔나? 뭔 묘사력이 이렇게 쓸데없이 고퀄이야. 나는 한숨을 쉬고 나서 지금까지 투자자와 미팅하느라 전화를 못 받았고, 상환 기한은 꼭 지키겠다고 구구절절하게 문자를 보냈다. 답답해서 얼굴을 벅벅 문지르다 거울을 보니 정말 혈색이 누렇게 떴다. 아무래도 폭주 드라이브 여파인 듯했다. 집에 갈 때는 다른 교통수단을 알아봐야겠다고 생각하며 두 뺨을 가볍게 쳐서 혈색이 돌아오게 했다.

　6층으로 올라가서 문을 열자, 피부에 스치는 시원한 바람에 울렁거리던 속이 가라앉았다. 나는 바를 둘러봤다. 어둠 속에서 보이는 조명과 가구와 장식 하나하나가 돈의 위력을 가감 없이 보여주고 있었다. 오른쪽에 있는 긴 칵테일 바에는 바텐더가 음료를 만들고 있었다. 아래 풍경이 내려다보이는 왼쪽에 테이블이 여러 개 놓여 있었는데, 제일 뒤쪽에 있는 8인용 테이블에 서아리가 앉아 있었다. 뭘 또 저리 어마어마하게 큰 테이블에 앉아 있담? 나는 서아리의 맞은편에 가서 앉았다.

"음료부터 주문하시죠. 뭘 마시겠어요?" 서아리가 물어보면서 손가락을 튕기자, 바텐더가 와서 서아리 앞에 피처럼 붉은 칵테일을 내려놨다. 가까이서 본 젊은 바텐더는 아이돌 뺨치는 엄청난 미남이었다. 서아리의 마음을 사로잡을 나의 매력 포인트 중 하나로 외모를 자신하던 나는 기가 죽고 말았다.

"아리 씨는 뭘 드세요?"

"블러디메리요."

"그럼, 저도 그걸로 마실게요." 내 대답을 들은 서아리가 눈짓하자 바텐더는 공손하게 고개를 숙여 보이고 바로 돌아갔다.

"오늘 식사는 제 맘대로 정했어요. 혹시 음식 알레르기 있으세요?" 서아리가 물었다.

"아뇨, 가리는 거 없이 다 잘 먹습니다." 물론 유튜브를 시작한 후 체중 관리하느라 저녁은 단백질 셰이크만 먹지만 오늘은 특별한 날이니까.

"좋네요. 아빠가 남자는 가리는 거 없이 잘 먹어야 한다고 하셨어요. 음식은 소중한 거니까 남기거나 깨작거리며 먹는 남자도 거르라고 하셨고요. 저도 복스럽게 잘 먹는 남자가 좋아요."

"그렇군요. 존경할 만한 철학입니다. 부친과 아주 가까웠나 봐요?"

"아무래도 외동딸이라 사랑을 많이 받았죠. 제가 친구가 없는 걸 걱정하셔서 그런 유언도 남기시고." 서아리는 말끝을 흐렸다. 그 참에 궁금했던 걸 질문했다.

"그런데 정말 지금까지 남자친구가 하나도 없었나요? 서아리 씨 보면 번호 달라고 하는 남자들이 줄을 섰을 것 같은데."

서아리는 칵테일을 마시다 내려놓고 손사래를 쳤다.

"아뇨. 저 진정한 모솔이에요. 어려서부터 레스토랑 일을 돕다 보니 누구를 만날 시간도 없었고, 대학 졸업하고 이제부터 만나볼까, 했는데 갑자기 부모님이 돌아가셔서……

한편으론 그런 유언을 남겨주셔서 잘됐다 싶기도 해요. 결혼하면 영원한 내 편이 생기는 거잖아요?" 서아리는 애정을 갈구하는 강아지 같은 눈빛으로 나를 물끄러미 바라봤다. 그러자 흐뭇한 한편으로 의심이 불쑥 고개를 쳐들었다. 이런 화려한 미모에, 이런 엄청난 재력에, 말하는 거 보면 머리도 좋아 보이는데 왜 남자가 없었지? 혹시 다른 취향이 있는 건 아닌가? 아니야, 다시 생각해보니 뭐든 자기 맘대로 해야 직성이 풀리는 스타일 같아. 남자들은 그런 거 싫어하지.

"그렇죠, 그렇죠. 연애 백번 하는 것보다 소울메이트 하나가 인생을 꽉 채워주죠. 잠깐만요." 나는 일어서서 서아리에게 다가가 어깨에 재킷을 걸쳐줬다.

"밖으로 나오니 시원하긴 한데 바람이 좀 차네요. 이렇게 기온 차가 있을 때는 감기 걸리기 쉬워요." 재킷을 걸쳐주면서 슬쩍 어깨를 잡았는데 서아리는 내 손길을 거부하지 않았다. 흠, 여기까진 순조로운 것 같군. 나는 평소 '사냥의 밤' 특강 때 내가 강조하는 포인트들을 떠올리며 씩 웃었다.

서아리는 나의 매너가 마음에 들었는지 한결 부드러워진 표정으로 말을 이었다.

"소영 씨가 소개하는 남자들은 조건만 좋았지 영 마음이 가질 않았는데. 유튜브에서 우연히 '연애의 기준'이라는 기준 씨 채널을 보고 많이 배웠어요. 남자와 여자 사이에 오가는 미묘한 시그널들, 이성의 속내를 알아차리는 법, 관계를 지속하는 법 등등. 무엇보다 진정한 사랑에 대한 기준 씨의 철학이 마음에 들었어요."

음, 그동안 영상을 너무 많이 찍어서 서아리가 어떤 클립에 꽂혔는지 알 수 없었다. 나도 다른 연애 유튜버들의 내용을 적당히 빌려와 짜깁기하고, 인스타에 돌아다니는 연애나 인생 격언 짤로 썰을 푼 것이라서. 무엇보다 여자 구독자들은 반듯하게 생긴 내가 자기들 마음에 드는 말만 하니까 열광하는 것 아니겠는가.

"그렇군요. 구독자분들이 진정한 인연을 찾으면 좋겠다는 마음으로 컨텐츠를 만들어왔는데. 그게 서아리 씨의 마음에 들었다니 정말 기뻐요."

이야기를 나누는 사이에 음식이 하나씩 나오기 시작했다. 퓨전 콘셉트로 보이는 요리가 끝도 없이 나와 앞접시와 포크와 수저와 나이프 그리고 칵테일과 물잔과 와인잔을 제외한 모든 공간이 음식 접시로 가득 차고 말았다. 이, 이

건 뷔페식으로 먹으라는 거야? 꼴랑 둘이? 이래서 거대한 테이블에 앉은 거야? 나의 놀란 눈빛을 본 서아리가 생글생글 웃으며 말했다.

"아까 말씀드렸잖아요. 전 잘 먹는 남자를 좋아한다고요. 이건 저희 레스토랑에서 다 파는 메뉴예요. 저와 결혼해서 같이 외식사업을 하려면 미각이 뛰어나야 하거든요. 하나씩 맛보시고 평을 해주세요. 남편이 맛에 민감한 미식가라면 제게 큰 도움이 될 것 같아요." 서아리는 내 접시를 가져가서 연어 샐러드와 랍스터 샐러드, 새싹 샐러드를 듬뿍 담아줬다.

"우선 샐러드부터 드시면 속이 편하실 거예요. 참, 우리 와인도 마셔요." 서아리가 손짓하자 바텐더가 고급스러워 보이는 와인을 한 병 가져와 잔에 따랐다.

"건배할까요?" 서아리가 잔을 들며 말했다.

나는 손이 떨지 않게 조심하며 잔을 들어 올렸다.

"첫 만남을 위해." 서아리가 의미심장한 미소를 지으며 말했다.

나는 그 잔에 쨍 소리를 내며 부딪치고 말했다. "첫 만남을 위해." 그리고 먹기 시작했다. 먹고 또 먹고 또 먹었다. 밥을 남기면 나중에 지옥 가서 그 남긴 밥을 끝도 없이 먹어야 한다던 엄마의 말이 떠오르는 밤이었다. 먹다 죽을 것 같았지만 서아리의 말처럼 별빛 하나는 끝내주는 밤이었다.

4

어느 순간 퍼뜩 눈을 떠보니 나는 차 뒷좌석에 쓰러져 있었다. "이거 뭐야!" 나는 벌떡 일어나 앉아 주위를 둘러봤다.

"손님? 이제 깨셨어요?" 앞에서 운전하고 있던 남자가 물었다. 손님이라는 말에 눈을 깜박여보니 시커먼 모범택시 안이었다.

"내가 왜 택시를 타고 있죠? 지금 어디로 가는 거예요?" 내 질문에 늙수그레한 기사가 허허 웃으며 대답했다.

"손님 많이 취하셨나 봐요. 아까 그 레스토랑 앞에서 어떤 예쁜 아가씨가 손님을 택시에 태우고 목적지를 일러줬어요. 댁이 청담동 은성 오피스텔 맞죠? 아가씨가 잘 모셔달라고 부탁하면서 팁도 많이 주셨어요. 그분이 여자친구면 꽉 붙들어요. 요새 그런 아가씨 흔하지 않아."

기사의 말을 듣자, 기억이 조금씩 떠오르기 시작했다. 서아리가 권하는 대로 계속 먹고 마시다 결국 테이블에 엎어졌을 때 서아리가 바텐더와 같이 나를 부축해서 레스토랑 밖으로 나왔고. 바텐더가 택시를 불렀던 기억. 가장 생생하게 기억나는 건 서아리의 제안이었다. 아니, 우리의 미래에 대한 계획이라고 해야 하나. 그걸 떠올리자, 가슴이 두근거렸다. 그렇게만 되면 내 인생 정말 고속도로처럼 뻥뻥 뚫리는데. 순간 뒷골이 어마어마하게 쑤시면서 둔탁한 통증이 밀려왔다. 벌써 숙취가 올라오는 건가.

"다 왔습니다." 기사의 목소리에 놀라 창밖을 보니 정말 내가 사는 오피스텔 앞이었다. 나는 가방을 들고 1층 자동문을 향해 걸어갔다. 문 앞을 몇 발짝 남겨뒀을 때 느닷없이 누군가가 통나무처럼 굵은 팔 하나로 내 목을 휘감고 무시무시한 힘으로 끌어당겼다. "으헉, 컥컥." 제대로 반항도 못 한 채 짐짝처럼 질질 끌려가자, 검은색 밴의 문이 열리고 나는 그 속으로 내동댕이쳐졌다. 고개를 드는 순간 한숨이 절로 나왔다. 좌석에 앉은 키작남이 나를 바라보고 있었다. 날 끌고 온 거한이 올라탄 후 밴의 문이 자동으로 닫혔다.

"김기준 씨. 지난번에 만났을 때 내게 뭐라고 약속했죠?"

나는 기어들어가는 목소리로 대답했다. "약속한 날짜에 상환하겠다고요."

그러자 그가 내 뒤통수를 손바닥으로 냅다 후려치더니 다시 말했다.

"그거 말고 또?"

"전화 잘 받고 문자에 꼬박꼬박 답장한다고요."

"그런데 오늘 어떻게 했죠?"

"그게 정말 중요한 투자자와 비즈니스 미팅이 있어서 어쩔 수 없었습니다!" 나도 모르게 큰 소리가 나왔다.

"그래요?" 순간 어둠 속에서 키작남의 눈이 기이하게 번뜩였다. 아차, 싶어 입을 다무는 순간 거한이 내 오른 손목을 낚아채서 키작남 앞에 들이밀었다.

"우리 기준 씨가 영 말귀를 못 알아들으니 내가 가르쳐줄 수밖에." 키작남은 한숨을 쉬면서 바지 주머니에서 작은 상자를 하나 꺼냈다. 마치 반짇고리함 같다고 생각하다가 흠칫 놀란 순간 그가 거기서 거대한 바늘을 꺼냈다. 그걸 보자 온몸이 덜덜 떨리기 시작했다. 키작남은 그 바늘을 내 검지 손톱 바로 밑에 대고 살짝 누른 채 다시 물었다. "그거 비즈니스 미팅 맞아요? 내가 보기엔 그냥 미팅 같던데. 어떤 젊은 여자랑 시시덕거리다 차를 타고 쌩하니 가버리던데."

아니, 이 새끼들이 이제 미행까지 하나?

"아니에요, 아니에요!" 나는 필사적으로 버둥거리며 소리 쳤지만, 키작남이 그 바늘을 내 검지 손톱 밑으로 천천히 찔러넣고 있었다. "아아악, 아아악!" 거한이 남은 한 손으로 내 입을 틀어막았다. 뱃속에서 오늘 밤 쑤셔 넣은 음식들이 요동치기 시작했다. 금방이라도 토할 것 같은 내 표정을 찬 찬히 보던 키작남이 손짓하자 거한이 내 입에서 손을 뗐다.

"그게 정말 비즈니스 맞냐고 물었는데."

"네네. 스페이스 9 레스토랑이라는 체인을 물려받은 상속 녀가 제 유튜브에, 아니 제게 투자하기로 했어요! 자기 회사 의 SNS 홍보를 포함한 PR 부문을 맡아달라고 했어요. 그것 만 성사되면 25일 전에라도 갚을 수 있어요. 이자까지 포함 해서. 제발 이 실장님, 믿고 기다려주세요." 나는 손톱 밑에 바늘이 박힌 채 밴 바닥에 무릎을 꿇고 울부짖었다. 이 실 장이 손을 치켜들자, 나는 반사적으로 고개를 움츠렸다. 그 는 그걸 보고 껄껄 웃더니 내 뒤통수를 쓰다듬으며 말했다.

"좋아요. 한 번 더 믿어보기로 하죠. 하지만 다음부터는 무슨 일이 있어도 전화는 꼭 받아요. 안 그러면…… 다음

엔 손이 아니라 눈깔을 찌를 겁니다." 거한이 밴의 문을 열었다. 나는 정신없이 뛰쳐나갔다. 엘리베이터에 타고 나서야 손톱 밑에 박혀 대롱거리는 바늘을 빼내며 생각했다. 서아리가 내게 자기 회사 홍보를 맡기겠다고 한 건 사실이었다. 하지만 결혼한 후라는 단서를 걸었다. 과연 저 깍두기들에게 잡혀가기 전에 결혼할 수 있을까?

5

"기준 씨, 여기예요!" 서아리가 손을 힘차게 흔들었다. 나도 같이 손을 흔들며 그녀에게 걸어갔다. 전시회에서 처음 만나고 무려 열흘 만에 다시 만났다. 처음 만난 날 서아리의 표정, 몸짓, 말 모든 게 너무 확실한 그린라이트라 바로 다시 만날 줄 알았는데. 그 후로 그녀는 내 문자도 카톡도 확인하지 않았고, 전화를 걸어도 전화기가 꺼져 있다는 안내 음성만 나왔다.

나는 속이 타기 시작했다. 그날 내가 뭘 잘못했을까, 뭘 놓쳤을까, 생각하고 또 생각해도 도무지 알 수 없었다. 그런 내내 이 실장의 전화와 문자를 꼬박꼬박 받으며 투자가 순조롭게 진행되고 있다는 구라로 대충 위기를 넘겼다. 세상 떠날 날이 얼마 남지 않았다고 생각하니 촬영이고 운동이고 다 의미 없어져서 집에 틀어박혀 컵라면과 과자와 맥주로 연명했다. 그러다 변비에 걸리는 바람에 변기 위에 앉아 웹툰을 보며 힘을 주고 있는데 카톡이 들어왔다.

"기준 씨, 안녕하세요?" 서아리였다! 나는 허겁지겁 답장을 보냈다.

"서아리 씨, 잘 지냈어요?" 질척거리는 것처럼 보일까 봐 최대한 건조하게 보냈다.

"죄송해요. 갑자기 해외 레스토랑 체인에 문제가 생겨서 출장 갔다가 어젯밤에야 돌아왔네요."

안도감이 쓰나미처럼 밀려왔다. 한편 요즘 세상에 카톡 한 번 보낼 수 없는 해외도 있나, 의심이 들었지만 돌이켜 보니 서아리는 남을 배려하는 그런 관상은 아니었다. 이래서 모솔이 피곤하구나. 가르쳐야 할 게 한둘이 아니야.

"그렇군요. 피곤하겠어요."

"피곤하지만 기준 씨는 보고 싶은데요." 순간 팬티를 허벅지에 걸친 채 벌떡 일어나 소리 없이 외쳤다. 예스!

"오늘 볼까요?"

"네. 오늘은 쉬는 날이니 산책 데이트 어때요?"

"좋죠." 답장을 보내고 보니 약속 시간까지 두 시간밖에 남지 않았다. 부랴부랴 몸단장을 하고 앱으로 택시를 잡아서 서아리가 말한 공원 입구로 갔다. 환한 얼굴로 손을 흔드는 서아리 옆에 늑대처럼 생긴 거대한 개가 앉아 있었다. 저 개새끼는 또 뭐야?

내가 가자, 서아리가 웃으면서 개를 가리키며 말했다.

"친구를 데려왔는데 괜찮죠?"

"그럼요. 아주 귀여운 친구네요." 무심코 개에게 손을 뻗는 순간 개가 무시무시해 보이는 이빨을 드러내며 으르렁거렸다. 식겁한 나는 얼른 손을 뺐다.

"안 돼, 퐁퐁. 누나 친구야. 얌전히 있어야지. 제가 출장 간 동안 산책을 못 시켜서 스트레스를 받았나 봐요. 같이 산책해도 될까요?"

"그럼요." 나는 웃으며 고개를 끄덕였다. 열흘 만에 만난 서아리가 달을 따달라고 해도 따줘야 할 판에 이런 털북숭이와의 산책쯤이야 얼마든 오케이지. 나는 퐁퐁의 목줄을 잡고 걷는 서아리와 보조를 맞춰 천천히 걸으며 이야기를 나눴다. 그러는 중간중간 서아리는 퐁퐁에게 도토리만 한 간식을 하나씩 주고 있었다. 퐁퐁이는 나를 노려보면서도 주인에겐 순한 양처럼 굴었다.

"퐁퐁이는 몇 살인가요?"

"열두 살이에요. 대형견은 오래 못 살아서 이렇게 같이 있는 순간이 아주 소중해요." 서아리는 애틋한 눈빛으로 퐁퐁을 바라봤다. 다행이다, 개는 딱 질색인데. 나는 최대한 애정 어린 눈빛으로 퐁퐁을 바라보며 서아리가 하는 말에 열심히 맞장구를 쳤다. 그런데 잘 가던 퐁퐁이가 멈칫 서버렸다. 왜 저래, 싶은 순간 뒷다리를 모으고 엉거주춤한 자세로 엉덩이를 내리더니 똥을 누기 시작했다. 대형견이라 그런지 똥도 푸짐하게 한 무더기나 쌌다.

"어머, 퐁퐁아. 너 급했구나." 서아리는 빙긋 웃더니 메고 있던 천 가방에 손을 집어넣었다가 얼굴색이 달라졌다. "어머, 어떡해요."

"왜요? 무슨 일이에요?"

"오래간만에 산책 나오는 바람에 가방에 배변 봉투를 넣는다는 걸 깜박했어요. 어쩌죠? 근처에 화장실이나 편의점도 없는데." 서아리는 주위를 둘러봤다. 모른 척 놔두고 가자고 하기엔 똥 무더기가 너무 거대했고, 하필이면 길 한가운데 싸질러놓는 바람에 공원에서 걷거나 뛰던 사람들이 우리를 힐끔거렸다. 어떡한다? 순간 청바지 주머니에 있는 손수건이 생각났다. 내 팬이 보내준 비싼 에르메스 손수건! 하지만 서아리의 마음을 살수만 있다면.

"아리씨, 걱정하지 말아요." 내 말에 서아리가 의아한 표정으로 바라봤다. 나는 손수건을 꺼냈다. 원래는 걷다가 벤치에 앉아 쉴 때 서아리에게 깔아주려고 챙겨온 건데. 나는 흡, 하고 숨을 참은 채 손수건으로 퐁퐁의 똥 무더기를 집어서 감쌌다. 어느새 똥물이 내 손을 적시며 끔찍한 냄새가 퍼지는 게 느껴졌지만, 죽을힘을 다해 참았다.

"이거 버리고 올 테니까 아리 씨는 여기서 잠깐만 기다려 주세요." 나는 쓰레기통을 찾아 잰걸음으로 갔다. 공원이 너무 넓어 간신히 화장실에 있는 쓰레기통을 찾아 똥 무더기 묶음을 떨구고 나니 온몸이 땀범벅이었다. 손을 씻고 있는데 주머니에 넣어둔 핸드폰이 부르르 떨렸다. 핸드폰을 꺼내자, 카톡 메시지가 보였다.

"기준 씨, 죄송해서 어쩌죠! 갑자기 회사에 급한 일이 생겨서 바로 회사로 가봐야겠어요. 오늘 감사했어요!"

문득 뺨이 촉촉해지는 게 느껴졌다. 땀인가? 눈물인가?
나는 아직도 희미하게 똥 냄새가 나는 것 같은 손으로 뺨
을 문질렀다.

6

핸드폰에 있는 연락처 명단을 엑셀로 옮긴 후 돈을 빌릴
만한 가능성이 있는 사람들 이름 옆에 액수를 입력하기 시
작했다. 일단 초등학교 3학년 때 돌아가신 엄마 가위표. 요
양원에 있는 아버지 가위표. 요즘 내 전화를 받지 않는 동료
유튜버들 가위표. 소영이를 두고 한참 고민하다가 삼각형을
그리는 와중에 전화가 왔다. 서아리였다. 개똥 사건 후 나흘
만에 온 전화였다. 나는 화면을 노려보다 전화를 받았다.

"기준 씨, 지금 뭐 해요?" 서아리는 인사도 없이 다짜고짜
물었다.

"아, 유튜브 대본 쓰고 있어요. 아리 씨는요?"

"저요?" 웃는 소리가 들렸다. 이 여자가 미쳤나? 밑도 끝도
없이 웃고, 지랄이야? 지난번 개똥 사건 이후로 이 여자에게

오만 정이 떨어졌지만, 그래도 바보처럼 같이 웃어줬다.

"왜 웃어요, 아리 씨? 뭐 좋은 일 있어요?"

"저 지금 어디게요?"

"글쎄요?"

"기준 씨 오피스텔 밖이에요."

"뭐라고욧!" 나는 벌떡 일어나 창가로 가 밑을 내려다봤다. 3층인 오피스텔 창문 밖으로 정말 빨간 밴틀리가 보였다.

"30분 줄 테니까 내려오세요. 우리 좋은 데 가요." 서아리가 다정하게 말했다. 우리? 좋은데? 또 지난번처럼 엿 먹이는 게 아닌가, 싶었지만 궁금증을 참을 수 없었다. 부랴부랴 이를 닦고 옷장 속에 소중히 걸어둔 톰 포드 정장을 입고 나왔다. 너무 과한가 싶기도 했지만, 서아리 말대로 좋은데 갈 때 입으려고 산 거니까.

엘리베이터도 기다릴 수 없어 계단을 뛰어내려 나가자, 서아리가 차에서 나왔다. 빨간 가죽 재킷에 검은 미니스커트를 입고 허벅지까지 올라오는 검은 롱부츠를 입은 그녀는 그 자리에서 쓰러뜨리고 싶을 정도로 섹시했다. 서아리는 나를 보자 싱긋 웃었다. "와, 오늘 기준 씨 근사한데요. 갈까요?" 그러더니 조수석으로 가면서 차 키를 던져줬다. 얼떨결에 받은 내가 의아한 표정으로 보자 그녀가 말했다.

"앞으로 같이 탈 차니까 오늘부터는 기준 씨가 운전해요." 나는 이게 꿈이냐, 생시냐 싶은 심정으로 운전석에 탔다. 안전띠를 매고 서아리를 쳐다보자, 그녀가 우리 집, 이라고 말했다. 그러자 내비게이션에 자동으로 길 안내가 뜨기 시작했다.

"지난번에 우리 퐁퐁이 챙겨주시는 거 보고 감동했어요. 이런 남자라면 같이 아이를 낳아 키울 수 있겠다는 생각이 들었어요. 오늘 저녁은 우리 집에서 먹고, 결혼 계획을 세워 봐요. 어때요, 기준 씨?" 갑자기 눈물이 주르륵 흘러내렸다. 드디어 서아리의 마음을 사로잡았구나. 이로써 깍두기 2인조에게서 해방이구나. 이제 내 인생 꽃길만 걷겠구나. 서아리가 가늘고 긴 손가락으로 눈물을 닦아줬다. 나는 그녀에게 빙긋 웃어 보이고 시동을 걸었다.

서래마을에 있는 서아리의 집으로 가는 내내 분위기는 화기애애했다. 서아리의 신메뉴 개발 이야기는 흥미로웠고, 내게 유튜브에 관한 질문을 적절하게 던져 은근하게 신경 써주는 센스도 있었다. 나는 슬슬 타이밍을 재다가 슬쩍 서아리의 손을 잡았다. 그녀는 내 손을 뿌리치지 않았다. 그렇게 손을 잡은 채 조용한 주택가의 끄트머리에 있는 3층 단독주택 앞에 차를 세우고, 차가 세 대나 들어가는 1층 차고에 밴틀리를 넣었다. 운동장처럼 널찍한 정원을 지나서 서아리와 같이 현관문을 열고 안으로 들어갔다. 혹시 퐁퐁이란 놈이 우렁차게 짖으며 달려오지 않을까 싶어 잠깐 경계하면서 주위를 둘러보자, 서아리가 의아한 표정을 지었다. "퐁퐁이는 어디 있나요?" 내가 물었다.

그러자 아, 하는 표정으로 고개를 끄덕이며 말했다. "퐁퐁이는 요즘 다리 관절이 약해져서 수영으로 재활 치료하는 호텔에 보냈어요. 모레 데리러 가기로 했어요."

"그렇군요. 안타깝네요. 퐁퐁이를 다시 보고 싶었는데." 마음에도 없는 소리를 하는 순간 서아리가 다가와 말했다. "퐁퐁이는 없지만 제가 있잖아요, 기준 씨?" 그 말에 용기가 나서 그녀를 가볍게 끌어안고 머리를 쓰다듬으며 말했다.

"정말 고생 많았어요. 지난번 출장 다녀왔을 때부터 이렇게 하고 싶었는데. 그땐 퐁퐁이가 옆에 있어서." 서아리는 잠자코 내 품에 안겨 있다가 고개를 들어 나를 물끄러미 바라봤다. 갑자기 심장이 세차게 뛰기 시작했다. 어, 왜 이러지, 싶은 순간 그녀가 내 얼굴을 두 손으로 잡아당겨 입술에 가볍게 키스했다. "전 포옹보다 키스가 해보고 싶었어요." 그 말에 더는 참을 수 없었다.

그녀를 번쩍 들어 안고 거실의 가죽 소파로 가서 털썩 앉아 키스하기 시작했다. 그녀와의 키스는 환상적이었다. 대담하게 먼저 혀를 내주며 내 혀를 농락하는 그녀의 놀라운 테크닉에 순간 모솔 맞나, 하는 의심이 퍼뜩 일었지만, 그런 의심마저 잊을 만큼 황홀했다. 키스하다 내가 스커트 속으로 손을 집어넣는 순간, 서아리가 내 손을 잡았다.

"워워, 기준 씨, 서두르지 말아요." 그러면서 몸을 뗐다. 잠시 어색해지려는 찰나 서아리가 일어나 주방으로 가며 말했다. "기준 씨, 목마르지 않으세요? 우리 뭐 좀 마셔요. 맥주? 와인? 위스키?"

"아리 씨 마시는 걸로 마실게요." 나는 소파에 느긋하게 앉아 주위를 둘러보며 말했다. 비싼 소파는 이렇게 몸에 착착 감기는구나. 나는 손바닥으로 부드러운 갈색 가죽을 쓸어보았다.

주방에서 달각달각 소리가 나더니 서아리가 호박색 액체와 얼음이 든 컷글라스 잔 두 개를 가지고 돌아왔다. 한 잔을 내게 주고 내 옆에 앉아 나머지 한 잔을 들었다.

"기준 씨와 같이 마시려고 공항에서 샀어요. 발렌타인 30년산이에요." 서아리는 잔을 들고 말했다. 나는 그녀와 짠 소리를 내며 잔을 마주치고 한 번에 들이켰다. 맛이 기가 막혔다. 캬! 술이 들어가자 더는 욕망을 누를 수 없었다. 나는 잔을 내려놓고 그녀에게 고개를 기울여 다시 키스를 시작했다. 서아리도 이번에는 적극적으로 응했다. 그녀의 입술을 마음껏 탐닉하면서 가슴에 손을 올리는 순간 그 손이 밑으로 뚝 떨어졌다. 어, 왜 이러지, 하는 순간, 마치 회전목마를 탄 것처럼 내 머리가 정신없이 돌아가기 시작했다. 소파에 천천히 쓰러지기 시작하는 나를 서아리가 피식 웃으며 바라보고 있었다.

7

"인제 그만 일어나지? 네가 무슨 잠자는 공주도 아니고."

얼음같이 차가운 물이 얼굴을 후려치는 느낌에 정신이 들었다. 눈을 뜨고 보니 얼음같이 차가운 물이 아니라 정말 얼음물이었다. 내 배와 허벅지 위에 각얼음이 흩어져 있었다.

"뭐, 뭐야?" 나는 오들오들 떨면서 주위를 돌아봤다. 아까는 분명 서아리의 거실 소파에 앉아 있었는데. 지금은 팬티만 입고 나무 의자에 두 팔과 발목이 밧줄로 꽁꽁 묶여 있었다. 내 주위는 머리 위에 켜진 흐릿한 알전구 하나 말고는 캄캄했고, 아무것도 없이 텅 빈 곳에 시멘트 바닥만 보였다. 그리고 추웠다. 온몸이 오그라지게 추웠다.

다시 고개를 든 순간 심장이 철렁했다. 거한과 키작남 2인조가 나를 내려다보며 서 있었다. 키작남의 입가에 희미한 미소가 떠올랐지만, 거한은 여전히 무표정했다. 저 덩치는 원래 말을 못 하나, 느닷없이 그런 궁금증이 들었을 때 키작남이 다가와 말했다.

"너무 푹 자는 것 같아서 깨웠어. 우리는 시간이 돈인 사람이라."

"왜 이래요? 아직 상환 기간까지 5일이나 남았는데." 나는 버럭 소리를 질렀다.

"허이고. 5일 안에 돈을 마련할 방도는 있고? 잊었나 본데. 너 이자는 생각도 안 하고 있었지? 아무튼 우리 대표님이 그만 처분하라고 해서서 나도 어쩔 수 없어." 이 실장이 건조하게 말했다.

"처, 처분이라니! 그나저나 내가 여기 왜 있는 거야? 난 분명 아리 씨, 아니 비즈니스 미팅 중이었는데!"

"그러셔? 그런데 그 미팅이 결렬된 건 몰랐어? 아, 대표님이 말씀을 안 하셨구나. 하긴 우리 대표님이 워낙 설명이나 그딴 건 안 하시는 분이긴 하지."

"우리 대표님?" 대체 이게 뭔 개소리냐고 소리를 지르려는 찰나 거한이 다가와 내 입에 걸레를 틀어막았다. 천년은 빨지 않은 것처럼 썩는 내가 지독한 걸레가 입속 깊숙이 틀어박혀 나는 컥컥거렸다. 이렇게 쥐도 새도 모르게 죽는구나, 싶어 눈물이 흐르는데 또각또각 구두 소리가 들렸다. 어둠 속에서 누군가 걸어와 내 앞에 섰을 때 숨이 멎을 것 같았다. 서아리가 내 앞에 서 있었다. 그녀는 내 얼굴을 찬찬히 보더니 손을 뻗어 내 뺨에 흐른 눈물을 닦아주며 씩 웃었다.

"어머, 기준 씨. 알고 보니 눈물의 여왕이었네. 나 눈물 많은 남자 진짜 별로인데." 그러더니 내 뺨을 다짜고짜 갈겼다. 그리고 어안이 벙벙한 내 얼굴을 보더니 다시 웃음을 터트리면서 거한에게 고개를 끄덕였다. 거한이 내 입에 물린 걸레를 뺐다.

나는 퉤퉤 침을 뱉고 나서 입을 열었다.

"아리 씨, 이게 대체 무슨 장난이야? 장난이지? 제발 장난이라고 말해줘. 그나저나 아리 씨가 왜 이자들과 같이 있는 거야?"

"아, 이 사람들?" 서아리는 두 남자를 힐끗 보더니 말했다. "우리 회사 직원들인데. 스마일대출."

"뭐?" 경악한 나를 보며 서아리가 웃었다.

"뭘 그렇게 놀라. 고작 레스토랑 체인 하나 가지고 재벌이라고 할 순 없잖아. 우리 집은 원래 사채업으로 시작했어. 주력도 이거고. 참고로 난 요리는 안 해. 하하하."

나는 이를 악물고 물었다. 호기심이 절망을 이겼다. "왜 그랬어? 왜 나를 가지고 논 거야?"

"어머, 왜가 뭐 중요해? 재미있잖아. 너 같은 인간, 아니 개새끼를 가지고 노는 게 얼마나 재미있는데. 거기다 너의 외모나 스타일이 완전 내 스타일이거든. 너만 사냥꾼인 줄 알았어? 너 그 '사냥의 밤'으로 여자들 꼬시는 법 특강 하잖아. 그렇게 낚은 여자들과 잔 거 몰카도 찍어서 팔고. 너는, 새끼야." 그러면서 서아리는 다시 내 뺨을 후려쳤다.

"사냥꾼의 본분을 몰라. 모름지기 사냥이란 나처럼 순수하게 피를 보는 재미로 해야 하는 거야. 너처럼 사방에 떠벌리고 다니면서 돈 벌려고 하는 게 아니라. 원래 너처럼 못나고 힘없는 개새끼들이 왈왈 짖어대지. 진정한 사냥꾼은 조용히 기다리고 있다가 콱! 한 방에 잡는 거야. 거기다 넌 내 돈도 안 갚는 악성 채무자잖아? 하하하하하." 서아리는 낭랑한 목소리로 웃었다.

어쩐지 이상하다 싶었다. 처음부터 이상하게 아귀가 착착 맞게 풀릴 것 같다 했더니. 결국 이렇게 인생 골로 가나.

"그런데 왜 이렇게까지 한 거야? 그냥 이 깍두기들 데려다 해체하면 간단한 거 아니었나?" 내가 물었다.

서아리는 검지를 세워 내 앞에 흔들어 보이며 대답했다. "노노노, 그럼 너무 쉽잖아. 원래 인간이란 종은 희망이란 당근을 눈앞에 흔들어주다 뺏으면 더 깊이 절망하는 법이거든. 자칭 인간관계 전문가라는 놈이 그것도 모르냐? 아무튼 그동안 즐거웠어. 우리 퐁퐁이 똥 무더기 들고 뛰는 꼴이 너무 웃겨서 보너스로 키스해준 거야. 마지막은 네 소원대로 해줄게." 그 말에 정신이 번쩍 들었다.

"내 소원이라니?"

서아리는 빙긋 웃으며 내 무릎에 손을 짚고 얼굴을 바짝

들이대며 말했다. "기억 안 나? 네가 고른 그 그림? 소리 없이 절규하는 남자. 너도 그렇게 소리 없는 비명을 지르며 죽게 해줄게. 그 남자가 아마 팔다리 없이 의자에 앉아 있지 않았나?" 그러더니 허리를 펴고 일어서서 거한에게 눈짓했다. 거한이 어두운 구석으로 가서 뭔가 들고 오더니 윙윙 소리가 들리기 시작했다. 전기톱이었다. 그걸 보자 머리털이 쭈뼛 섰다. 서아리는 내 입에 걸레를 다시 물려주고 물러섰다.

"잘 가, 김기준. 연애의 기준을 세워주는 김기준. 바이."

지하실은 이내 내가 악악거리며 지르는 비명 소리로 가득 차기 시작했다.

시작은 다소 어이없고 맥 빠지는 이유에서 비롯됐습니다. 마티스의 그림을 소재로 한 앤솔러지를 하기로 해서 모인 작가 단톡방에서 다들 하나씩 마음에 드는 그림을 골라 그걸 소재로 이야기를 써보기로 했습니다. 다들 하나씩 자신 있게 그림을 고르는데, 저만 고민하느라 머뭇거리는 동안 어느새 선택할 수 있는 그림의 수가 점점 줄어들고 있더군요. 초조한 마음에 동공에 지진을 일으키며 남은 그림들을 둘러보는데.

문득 〈구르고 남작 부인의 초상〉이 눈에 들어왔습니다. 순간 이거다, 싶은 생각이 들어서 이 작품으로 하겠다고 얼른 단톡방에 댓글을 달았죠. 그때부터 이 그림을 하루에도 몇 번씩 보면서 이런저런 이야기를 만들어봤습니다. 그림을 직접 보면 영감이 찾아올지 싶어서 마침 앤솔러지를 계약할 무렵 서울에서 열린 마티스 전시회에 가볼까 마음도 먹었죠. 그러나 내가 목표한 그림이 전시회에 걸리지 않았다는 사실을 알자 끓어오르던 의욕이 순식간에 물거품처럼 사라져 버렸습니다.

결국 원화는 보지 못한 채 속절없이 시간만 흐르던 어느 날 일

본에서 마티스 전시회가 열린다는 소식을 들었습니다. 마침 제게
는 일본에서 유학 중인 딸이 있거든요. 저는 바로 딸에게 연락해
서 미술관 푯값과 수고비를 줄 테니 가서 그림 사진을 찍어달라
고 부탁했습니다. 딸은 흔쾌히 다녀왔지만, 안타깝게도 사진은 미
술관 규정상 찍지 못하는 대신 엽서를 여러 장 사서 방학 때 가져
다주었습니다.

저는 그 엽서를 시간 날 때마다 보면서 다양한 이야기를 머릿
속에서 굴려보았고. 그림에 나오는 두 여자를 모델로 해서 그들
사이에 벌어지는 치열한 심리전을 써볼까, 혹은 뒷모습만 보이는
의문의 여자를 주인공으로 한 이야기를 만들어볼까. 고민에 또
고민을 거듭했습니다. 그러던 어느 날 미술에 별로 관심이 없는
남자가 어쩔 수 없는 이유로 미술관에서 첫 소개팅을 하면 이 명
작들에 어떻게 반응할까, 하는 아이디어가 떠올랐습니다. 그 남자
의 눈에 들어온 이 그림 이야기로 소개팅녀에게 깊은 인상을 심
어주면 좋겠다고.

그렇게 실마리가 잡힌 이야기는 제 머릿속에서 쓱쓱 풀려가기
시작했고, 그 후로 아주 즐거운 마음으로 이 청춘남녀의 사연에
대해 소설을 써봤습니다. 그리고 자연스럽게 프랜시스 베이컨의
그림도 이야기 속에 들어가게 되었습니다. 미술관이 익숙하지 않

다, 유명한 화가 전시회라고 해서 오긴 와봤는데 도통 뭘 보고 어떤 감정을 느껴야 하는지 알 수 없다, 이것이 미술과 친하지 않은 보통 사람들의 마음이 아닐까 합니다. 그럴 때는 무수히 많은 그림 중 유독 나에게 말을 걸어오는 그림 앞에서 마음속으로 그림과 일대일로 대화를 나눠보는 것도 나쁘지 않은 감상법인 것 같습니다. 실은 그게 저의 감상법이기도 하고요. 미술에 문외한인 남자와 미술광인 여자의 만남, 재미있으셨기를 희망합니다.

체크메이트

×

박상민

● 화가의 가족, 1911, 러시아 에르미타주 미술관

"분명 한 분이 더 계셨는데 어디 있죠?"

소파에 앉아 구경하다 말고 몸서리치며 일어났다. 집 안 전체에 감도는 이상야릇한 광기가 피부를 뚫고 전해져왔기 때문이다. 나를 제외한 이들은 여전히 눈앞에서 벌어지는 기묘한 대결을 초점 없는 눈으로 응시하고 있었다. 적막이 흐르는 가운데 움직이는 건 테이블에 마주 앉은 두 소년뿐이었다. 사색에 잠겨 심각한 표정을 하다가도 금세 밝아져 체스판 위의 말을 옮기는 둘을 보고 있자니 꿈을 꾸는 기분이었다. 오늘 밤 이곳에서 벌어진 일들은 비현실적이란 단어만으로 퉁치고 넘어갈 수준이 아니었다. 노신사의 죽음, 이후에 들이닥친 지진, 사라진 시체. 이해할 겨를도 없이 연달아 일어난 사건들에 녹다운된 우리로서는 더 이상 아무 일 없기를 기도하는 게 할 수 있는 전부였다.

"체크메이트!"

정적을 깨뜨리고 들려온 외침에 정신이 번쩍 들었다. 태엽이 고장난 로봇처럼 앉아 있던 이들도 가출한 혼이 돌아온 듯 눈을 깜박거리거나 서로를 쳐다봤다. 왼편에 앉은 갈색 머리 소년이 싱글벙글 웃으며 손가락을 관절 소리가 나게 꺾어대자 반대편 소년이 투덜거리며 머리카락을 걷어 올렸다. 이마 정중앙을 조준하고 손가락을 놀리자 탁, 하는 소리가 응접실에 울려 퍼졌다. 울상을 짓는 소년과 그 모습을 보며 히죽거리는 소년. 유치하고도 활달한 모습에 평소라면 따뜻한 미소를 건네는 이들도 있겠지만 지금은 누구의 입가에서도 미소를 찾아볼 수 없었다. 상·하의를 빨간색으로 통일한 그들은 머리 길이만 다를 뿐 전체적인 인상이 비슷해 누가 봐도 형제였다. 갑갑해진 가슴을 진정시키려 창가로 향하는데 앙칼진 목소리가 고막을 때렸다.

"경찰은 대체 언제 오는 거냐고! 사람이 죽었는데 이렇게 늦는 게 말이 돼요?"

은빛으로 물들인 머리 덕에 이지적으로 보이는 젊은 여자였다. 남들의 기를 꺾는 매서운 눈초리가 분노로 들끓었다. 새로운 게임에 돌입할 준비를 하던 두 소년도 놀랐는지 휘둥그레진 눈으로 쳐다봤다. 팔짱을 낀 중년 남자가 무덤

덤하게 말했다.

"섬이다 보니 오래 걸리나 보죠. 보시다시피 날씨도 흉흉하고."

그 말에 나를 포함한 몇몇 이들이 창밖으로 고개를 돌렸다. 아닌 게 아니라 앞을 분간하기 어려운 어둠 속에서 나뭇가지가 쉴 새 없이 흔들리며 창문에 닿을락 말락 했다. 남자는 손목에 착용한 고급 브랜드 시계를 들여다보더니 한숨 쉬었다.

"경찰이 온다고 해결될 일도 아니겠지만요."

보기 좋게 그을린 구릿빛 팔이 팽팽해지는 게 남자의 곤두선 신경을 암시했다.

"어쨌거나 오늘 밤 잠자기는 글렀습니다."

한쪽 귀에 이어폰을 낀 남자도 끼어들었다. 사태가 일어나고 한마디 말도 않고 구석에서 음악을 듣고 있어 나사하나가 빠진 사람인 줄 알았는데 처음 듣는 목소리는 의외로 멀쩡했다. 소파 세 개에 흩어져 앉은 사람들이 오랜 침묵을 깨고 입을 여는 것이 꼭 하나둘씩 주문에서 풀려나는 듯했다.

"이 와중에 애들은 게임이나 하고 있고. 얘들아, 정신 사나우니까 방에 들어가 있으면 안 되겠니?"

은빛 머리 여자 옆 원피스 차림의 여자가 독설을 뱉었다. 외모만 보면 50대처럼 보이지만 목소리는 여리고 맑아서 착각을 불러일으키는 인물이었다. 오늘 저택에 처음 들어섰을 때도 목소리만 듣고 화사한 여학생을 떠올렸을 정도다. 그녀의 말에 두 소년은 이맛살을 찌푸리고 시선을 교환하더니 둘 중 볼이 통통한 쪽이 심술궂게 말했다.

"우리가 체스를 하든 야구를 하든 무슨 상관이에요, 아줌마?"

"경찰 올 때까지 방문 잠그고 짱박혀 있으라고요?"

맞은편 개구쟁이도 거들었다. 젊은 목소리의 소유자가 일그러진 얼굴로 외쳤다.

"버르장머리하곤!"

당장이라도 달려갈 기세로 허리를 곧게 펴자 두 녀석이 움찔했다. 옆의 여자가 부들부들 떨리는 팔을 당기며 참으라고 만류했다. 혼자만의 생각이지만 아줌마라는 단어가 그녀의 화를 돋운 게 분명했다. 이대로 가다가는 분위기가 걷잡을 수 없이 격해질 듯해서 내가 중재에 나섰다.

"이쯤하고 그만하시죠. 애들이지 않습니까. 살인사건이

일어났는데 얼마나 무섭고 불안하겠어요. 방 안에 내버려두기보다 이렇게 어른들 앞에서 노는 게 낫습니다.”

코웃음을 친 여자는 째려보면서도 내 말에 정면으로 반박하는 대신 혼잣말로 중얼거렸다.

“부모란 사람은 대체 어딜 간 거야. 얘들 보호자 역할까지 떠맡기는 건지 뭔지.”

아이들의 부모를 모두가 보는 앞에서 욕하는 것은 비겁하다는 생각이 들었다. 나라도 아이들의 편에 서야겠다고 다짐했다. 둘의 말에 따르면 부모님은 같이 도착했다가 육지에 급한 일이 있어 잠시 나갔다고 했다.

“이런 일이 벌어질 줄 누가 알았겠어요. 얘들아, 부모님은 내일 돌아오시는 거 맞지?”

“네.”

고개를 끄덕이는 소년들은 여자의 거친 말 탓인지 전보다 풀 죽은 모습이었다. 체격 좋은 구릿빛 남자가 자자, 하고 박수를 치며 일어나더니 허심탄회하게 말했다.

“지금은 힘을 합쳐야 할 때입니다. 경찰이 오려면 시간이 꽤 걸리니 이참에 통성명이나 하시죠. 저는 유창수라고 하고 서울에서 사업하고 있습니다.”

그 말이 방아쇠가 되어 시계 방향으로 돌아가면서 자기소개가 시작되었다. 야심한 시각 둥글게 모여 앉아 차례로 이야기를 늘어놓으니 캠프파이어라도 하는 듯했다. 은빛 머리 여자가 우아한 동작으로 머리를 쓸어 넘기고는 말했다.

"프리랜서로 의류 모델 하는 강미희라고 해요."

모두의 시선이 한곳에 집중되더니 저마다 고개를 끄덕였다. 레이스 달린 흰색 블라우스, 맵시를 강조하는 딱 달라붙는 롱스커트. 처음 봤을 때부터 고급스럽다는 인상을 받았는데 역시 사람들 생각은 비슷하구나 싶었다. 옆에 앉은 여자는 꼰 다리 위에 얌전하게 두 손을 올려놓고 건반마냥 톡톡 두드려댔다. 조금 전 날이 잔뜩 서 있던 모습과는 딴판으로 차분함을 되찾은 모습이었다.

"노유경이에요. 얼마 전에 퇴직하고 쉬고 있답니다."

입을 놀릴 때마다 나타나는 팔자 주름이 눈에 띄었다. 이전에 어떤 일을 했는지 물어볼 법도 한데 아무도 질문을 던지지 않았다. 이 자리가 흐르지 않는 시간을 때우기 위한 요식행위라는 방증이었다. 안경을 쓰고 삐쩍 마른 남자가 바통을 넘겨받았다.

"이름은 신준우, 직업은 요리사입니다."

치렁치렁하게 금목걸이를 두르고 민소매 셔츠를 입고도 날티가 안 나는 건 허약한 체격 때문이었다.

"서울에서 교사로 일하는 박재길입니다."

구석에 앉은 사내는 그렇게 말하고 다시 이어폰을 귀에 꽂는 것이 예의라고는 눈곱만큼도 없어 보였다. 모두의 시선이 그의 곁을 서성거리는 내게로 쏠렸다. 나는 목청을 가다듬고 소개 행렬에 동참했다.

"저는 김하빈이라고 하고 대학생입니다."

신준우가 안경테를 만지작거리며 나를 유심히 들여다보더니 시비를 걸었다.

"대학생처럼 보이진 않는데?"

"군대 다녀오고 알바하다 보니 좀 늦어졌어요. 내년에 졸업 예정입니다."

말을 하고 보니 스스로가 불쌍해서 괜히 시무룩해졌다. 다들 내게서 그런 기운을 느꼈는지 더는 캐묻지 않았다. 다음으로 두 소년의 차례가 되자 왼쪽에 앉은 소년이 우리에게로 몸을 돌렸다.

"제가 형이에요. 저는 민호, 재는 민서고 같은 초등학교 다녀요. MBTI는 우리 둘이 ENTP로 똑같아요."

친구한테 말하듯 당당하고 쾌활한 말투에 저절로 미소가 머금어졌다. 유창수가 호탕하게 웃으며 우리를 둘러봤다.

"역시 Z세대는 다르다니까요. 자기 생각 뚜렷하고 얼마나 보기 좋아."

모두의 심정을 대변한 말에 다들 고개를 끄덕였다. 아이들과 대립각을 세웠던 노유경도 이제는 마음이 풀렸는지 너그러운 눈빛이었다. 소년은 동생에게 손짓하고는 다시 체스 게임에 몰입했다. 악동 기질이 다분한 두 소년에게 눈길이 쏠려 있던 그때 강미희가 저기요, 하고 조심스럽게 입을 열었다. 그녀는 양미간에 주름이 선명하게 파일 정도로 날카로운 눈으로 주위를 훑더니 갸웃거렸다.

"분명 한 분이 더 계셨는데 어디 있죠?"

"그러고 보니……."

술렁거림 속에서 다들 서로를 집요하게 뜯어보았다. 누군가 이곳에 변장하고 숨어 있기라도 한 것처럼 경계하는 눈치였다. 소파에 앉은 이들을 무심코 보는데 기억 저편에서 떠오르는 얼굴 하나가 있었다. 한쪽 눈을 가릴 정도로 길게 내려온 머리카락, 틈새로 보이는 가느다란 흉터. 한 번 보면 잊기 어려운 강한 인상을 주는 남자였다.

"방에서 자는 거 아니에요?"

신준우가 대수롭지 않다는 식으로 말하자 유창수가 단호하게 고개를 가로저었다.

"나가는 걸 봤습니다. 담뱃갑이 손에 있길래 잠깐 나갔다 들어올 줄 알았는데…… 잊고 있었어요. 혹시 들어오는 거 본 사람 있습니까?"

모두가 침묵하는 가운데 불길한 기운이 서로를 바라보는 눈길에서 전해졌다. 그들의 숨 막히는 표정을 보다 말고 나는 창밖으로 눈길을 돌렸다. 거칠게 몰아치는 바람이 창문을 두드리는 와중에 빛 한 줄기 없는 밤공기는 우리에게 속살을 내비치는 것을 허락하지 않았다. 유창수 역시 밖을 내다보면서 절망적인 한숨을 쉬었다.

"아무것도 안 보일 텐데 뭐 하고 있는 걸까요? 혹시 벌써……."

입을 닫은 그는 자신의 의견을 피력하기를 꺼렸다. 이 자리에 있는 모두 그가 못다 한 말이 뭔지 짐작했겠지만 입을 열지 않았다. 말하는 것만으로도 돌이킬 수 없는 사고가 발생하기라도 할 것처럼. 다들 말을 아끼는 가운데 앞장선 이가 있었다. 유창수였다. 그는 모두에게 묵고 있는 방 호수를 알려달라고 해서 금세 사라진 남자의 방을 알아낸 다음 그리로 향했다. 2층 6호실로 사건이 일어난 10호실과는 반대편이었다. 마침 서 있었던 나도 그의 뒤를 따랐다.

"안에 계신가요?"

부드러운 노크는 점차 난폭한 소음으로 변했다. 안에서는 아무런 응답도 없었다. 유창수가 더는 못 참겠다는 듯 커다랗고 억센 손으로 문손잡이를 잡고 돌렸지만 열리지 않았다. 나갔다가 돌아오지 않은 게 분명했다.

"큰일입니다. 나가서 찾아보죠."

심각한 얼굴로 장화로 갈아신다 말고, 유창수가 돌아봤다.

"저랑 같이 가실 분 있을까요? 남자분 한두 명이면 될 것 같습니다."

뒤에 멀뚱멀뚱 서 있던 나는 얼떨결에 손을 들었고 신준우도 대열에 합류했다. 이어폰을 낀 박재길은 본인과는 무관한 일이라는 듯 우리와 눈을 마주치기를 피했다. 급하게 결성된 트리오가 자갈과 나무로 둘러싸인 좁은 길을 가로질렀다. 문을 열자 상상조차 못 한 거센 돌풍이 빨려 들어왔다. 바닷가의 바람치고는 소금기가 전혀 섞여 있지 않았다. 이마를 정면으로 때리는 매서운 바람에 눈을 뜨고 있기

조차 힘겨웠다.

셋은 신음을 흘리면서도 한 걸음씩 나아갔다. 대문 바로 앞에 달린 백열등이 전부인 탓에 고작해야 집 주변을 둘러싼 커다란 나무와 숲의 윤곽만 어렴풋하게 보였다. 하늘에 떠 있는 달과 별도 시야에 큰 도움이 되지 못했다. 앞으로 나아가지도, 뒤로 물러나지도 못하고 머뭇거리는데 가까이에서 인기척이 느껴졌다. 누가 먼저랄 것 없이 소리 나는 방향으로 고개를 돌렸다. 집 뒤편에서 검은 물체가 꿈틀거리며 튀어나왔다.

"저 사람인가요?"

발이 땅에 달라붙은 나는 당황해서 꼼짝도 못 했다. 창문에서 새어 나온 희미한 불빛을 배경으로 거대한 체구의 남자가 모습을 드러냈다. 바람에 격렬히 휘날리는 장발의 머리카락과 반팔 셔츠. 죽을 듯이 인상을 쓰는 것이 귀신같았다. 기억 속에 남아 있던 모습보다 괴랄한 것은 거센 바람에 노출된 흉터 때문이었다. 한쪽 눈을 가로질러 길쭉하게 뻗은 날카로운 상처는 짐작했던 것보다 흉측했다. 유창수도 그자가 내뿜는 부정적인 기운에 억눌렸는지 함부로 나아가지 못하고 그저 다가오는 것만 지켜볼 뿐이었다. 불길이라도 뿜어댈 것처럼 난폭한 걸음걸이로 우리에게 접근한 그가 뱉은 첫마디는 의외로 평범했다.

"다들 뭐 하십니까?"

유창수가 눈에 뭐가 들어갔는지 찡그린 눈을 손가락으로 문지르며 대꾸했다.

"우리가 할 소린데……. 그쪽은 뭐 하고 계셨죠?"

"섬을 전체적으로 훑어봤습니다. 당신들은 여기서 뭐 하고 있죠?"

휘몰아치는 바람이 모든 소리를 집어삼키는 탓에 다들 윽박지르다시피 했다. 한가하게 탐정 놀이를 하고 있을 때입니까, 라고 분통을 터뜨리려는 찰나 유창수가 선수를 쳤다. 그가 남자의 가슴팍을 손가락으로 똑바로 가리켰다. 곧게 뻗은 검지에 그를 향한 분노가 담겨 있었다.

"그야 당신이 소리 소문 없이 사라져서 찾으려고 나왔죠. 얼른 들어갑시다."

그에게서 순순히 들어가겠다는 대답이 떨어지자 다들 문으로 향했다. 남자는 들어가기 직전 걸음을 멈추더니 의미심장한 눈길로 건물의 좌측부터 우측을 뜯어보고는 혼자서 고개를 끄덕거렸다. 희미한 미소가 입가에 번져 있었다.

지붕 위에 범인이 숨어 있다고 생각하는 걸까. 그는 한참을 멀뚱히 서 있다가 나의 재촉에 단념하고 들어왔다. 탕자의 귀환에 남아 있던 이들은 하나같이 반기는 기색이었다. 두 번째 희생자가 발생하지 않은 것에 만족한 노유경이 안도의 한숨을 쉬었지만 옆에 앉은 강미희는 얼굴이 잔뜩 일그러져 있었다. 남자가 화장실을 다녀오자마자 그녀가 기다렸다는 듯 쏘아댔다.

"앞으로는 혼자 그렇게 나가지 마시죠. 아저씨 때문에 우리가 얼마나 불안에 떨었는지 아세요? 사람이 죽었는데 철없이 밖에 싸돌아다니기나 하고."

남자는 조금도 미안한 기색 없이 짓궂은 미소로 응답했다.

"누가 보면 제가 낚시라도 하고 온 줄 알겠습니다. 그나저나 시체는 아직도 발견 못 했나요?"

그는 벽난로 옆에 위치한 나선형 계단으로 걸어가며 무심하게 질문을 던졌다. 사방에 만연한 자신을 향한 적의 따위는 관심의 대상이 아닌지 그는 무척이나 태연해 보였다. 내가 대답했다.

"그때 이후로는 방에 아무도 안 들어갔습니다."

그때라는 건 지진 발생 후 시신이 사라진 걸 알게 된 시점을 의미했다. 경찰에 살인을 신고한 우리는 증거물이 훼손되지 않도록 방문을 닫고 지금처럼 한자리에 모였다. 숨어 있을지 모를 범인을 찾기 위해 각자의 방을 수색하는 데 합의한 우리는 행과 열을 맞춰 방문을 하나씩 열고 들어갔다. 수색에도 뚜렷한 성과를 발견하지 못한 우리는 무기력하게 원점으로 돌아갔다. 지진이 건물을 덮친 것은 그 직후였다. 서 있던 사람들이 중심을 잃고 휘청거릴 정도의 수준이었다. 각자 몸을 웅크리고 자세를 낮추고 있자 1분도 안 되어 흔들거림은 서서히 잦아들었다. 갑작스럽게 들이닥친 자연재해에 다들 넋이 나가 있는데 소란 속에서 시신이 있는 방을 다시 살펴봐야 한다는 의견이 나왔다. 계단을 함께 올라간 우리를 기다린 건 텅 빈 공간이었다. 바닥에 쓰러져 있던 노인은 온데간데없고 그가 흘린 피만이 고스란히 남아 있을 뿐이었다. 시체를 옮긴 흔적은 특별히 보이지 않았다. 2층의 모든 방을 다시 열어봤지만 홀연히 사라진 시신은 어디서도 찾을 수 없었다. 그렇게 우리는 경찰이 오기만을 기다리며 소파에 몸을 맡기고 저마다 상념에 잠겨 있었다.

"그럼 제가 없는 사이 대체 뭘 하고 계셨죠? 다들 덕담이라도 나누고 계셨나."

계단 난간에 기댄 남자가 멋들어진 동작으로 머리를 옆으로 넘겼다. 말갈기 같은 머리카락은 흉터가 보일 듯 말 듯 절묘하게 가려주었다. 문득 저 상처는 어떻게 생긴 건지 자연스러운 의문이 피어올랐다. 아까 밖에서 본 바로는 최소 4센티미터는 되어 보였고 형태와 깊이도 예사롭지 않았다. 예리한 칼날이 아니고서는 그런 자국을 내기가 불가능해 보였다.

"경찰이 오기만을 기다리고 있었어요."

노유경의 대꾸에 남자는 고개를 떨어뜨리고 코웃음 쳤다.

"대단들 하십니다."

"그딴 식으로 비아냥거리지 마시죠. 참는 데도 한계가 있다고요!"

발작하듯 소리를 지르며 일어난 강미희가 잡아먹을 것처럼 노려보았다. 반사적으로 다리를 움찔한 나와 달리 그는 조금도 당황하거나 움츠러드는 기미가 없었다.

"아저씨는 뭐 하는 사람이에요?"

의자 등받이를 붙들고 민호가 몸을 흔들거리며 말을 걸었다. 두 손을 주머니에 집어넣은 남자는 개구쟁이의 얼굴을 유심히 뜯어보더니 웃었다.

"꼬마야, 아저씨가 뭐 하는 사람일지 맞춰보렴."

"음……. 무시무시하게 생긴 게 못된 악당 같아요."

소년의 천진난만한 말이 실내의 경직된 분위기를 한층 부드럽게 풀어줬다. 생김새부터가 악당 같다는 데는 다들 동의하겠지만 아이의 말투로 들으니 우스꽝스러운 이미지로 변모한 것이다. 남자는 허리가 뒤로 젖혀질 정도로 웃었다. 악당이라는 말이 기분 나쁠 법도 한데도 그는 개의치 않고 유쾌하게 받아쳤다.

"그래, 꼬마야. 오늘 밤 널 잡아먹을지 모르니 조심하렴. 다들 들으셨죠. 저 아이 말대로 저는 무시무시한 악당이랍니다."

그는 자신의 말이 재미있다고 생각하는지 사레들린 듯 껄껄거리며 웃어댔다. 노유경이 관자놀이에 손가락을 대고 빙빙 돌리는 모습에 강미희가 열렬히 고개를 끄덕였다. 남자들도 말은 안 해도 길거리 광인을 보는 눈치였다. 그와 가장 가까이 있는 나도 마찬가지였는데 외모에 대한 편견을 거두고 보아도 말이나 행동에서 위험한 인물이라는 느낌이 들었다. 사람을 보는 내 눈은 언제나 틀리는 법이 없었고 이번에도 직감은 남자가 상종해서는 안 될 사람이라는 신호를 보냈다. 침묵을 지키던 박재길이 손을 치켜들었다. 입술을 잘근 깨무는 것이 작심 발언을 하려는 듯했다.

"저는 저분이 신뢰가 안 갑니다. 그 난리를 겪고도 혼자 사라지지를 않나 웃으면서 농담 따먹기나 하고. 막말로 저분이 범인일 수도 있는 거 아닌가요?"

모두의 눈길이 정체불명의 남자에게로 쏠렸다. 술렁거리더니 곳곳에서 그렇죠, 동의합니다, 하고 맞장구가 나왔다. 난간에 기댄 그는 눈을 감고 의미를 짐작하기 어려운 미소를 띠었다. 박재길이 대중의 호응에 힘입어 수위를 한층 높였다.

"밖에 있는 동안 증거인멸 했을지 누가 압니까. 우리가 각자 방을 조사하고 지진이 발생해서 혼란스러운 틈을 타서 시체를 창밖으로 던졌을지도 모를 일이죠."

남자와 우리 사이에 보이지 않는 장막이 가로놓인 듯 사뭇 다른 공기가 그의 주변에 감돌았다. 외마디 고함이 터져나온 것은 그때였다. 신준우가 믿을 수 없다는 표정으로 핸드폰을 높이 들어 올리고 이리저리 움직였다.

"112를 눌렀는데 연결이 안 되는데요."

그것이 신호탄이 되어 다들 자신의 핸드폰을 꺼내 다급

하게 번호를 눌러댔다. 나 역시 그들처럼 전화를 걸어봤지
만 불통이었다. 모두 각자의 핸드폰에 정신이 팔린 동안 나
는 남자의 움직임을 놓치지 않으려 애썼다. 그의 두 손은 여
전히 주머니에 깊이 꽂혀 있었다. 남자는 자신의 핸드폰을
확인하려는 시도조차 하지 않았다. 의혹이 확신으로 변하
는 순간이었다. 나도 모르게 그에게서 한 걸음 물러났다. 다
들 불통인 핸드폰을 서로 체크하며 목청을 높이고 누군가
는 욕설을 뱉기도 했다. 분노의 화살이 어디로 향할지는 안
봐도 뻔했다. 강미희가 침을 튀겨가며 벌건 얼굴로 소리 질
렀다.

"저 사람이에요! 저 사람이 밖에 나가서 수를 쓴 거라고요."

남자는 발뒤꿈치를 들어 올렸다가 살포시 내려놓고 입을
열었다. 적어도 겉으로는 감정의 변화가 조금도 느껴지지
않는 그였다.

"이런, 저를 범인이라고 생각하신다면 말리지는 않겠습니
다. 다만 30분 전만 해도 핸드폰은 정상적으로 작동했습니
다. 그 사이에 무슨 일이 생긴 거겠죠. 누군가 밖에 나간 저
한테 혐의를 덮어씌우려 했을지도 모르겠군요."

"비아냥거리지 말고 밖에서 뭘 했는지 알려주세요!"

격분해서 소리 지르는 강미희는 금방 쓰러져도 이상하지 않을 만큼 얼굴에 핏기가 가셔 있었다. 그녀뿐만 아니라 모두의 얼굴이 불신으로 가득했다.

"좋습니다. 설명을 원하시니 말씀드리죠. 저는 여러분이 이곳에서 패닉에 빠져 있는 동안 혹시 모를 단서를 찾기 위해 주위를 살피러 나갔고 중요한 단서를 찾아냈습니다."

"그게 뭐죠?"

잠깐의 기다림조차 용납하지 않는 다급한 되물음이 초조와 불안감을 여실히 드러냈다. 남자도 자신을 향한 사람들의 적대감을 실감하고 한순간 뺨이 굳은 것처럼 보였지만 이내 웃음을 머금었다. 어떤 상황에서도 여유로움을 잃지 않는 게 보통 배짱이 아니었다.

"숲을 헤쳐 나가는 중에는 엄청난 바람에 중심을 잡기 어려워 넘어질 뻔도 했습니다. 하지만 숲을 빠져나가 해안가에 다다르니 한순간 세상이 고요해지더군요. 바람 한 점 없는 맑은 공기였어요. 마지막으로 본 검은 바다는 배 한 척 없이 평온했어요."

좀처럼 요지를 파악하기 어려운 그의 말을 이해 못 한 건 나만이 아니었다. 그가 말을 끝맺기도 전에 유창수가 신경

질적으로 끼어들었다.

"일기예보 하는 것도 아니고. 그래서 어쨌다는 건지."

"아직 말 안 끝났습니다. 시체가 발견되었을 때의 상황 기억나시나요?"

"그럼요."

너나 할 것 없이 고개를 끄덕거렸다. 나 역시도 그때의 일은 조금도 빠뜨리지 않고 생생히 기억했다. 오후 6시 45분. 시간을 분 단위로까지 기억하는 데는 이유가 있었다. 섬에 도착해 간단하게 저녁 식사를 마친 나는 뻐근한 몸을 침대에 잠깐만 눕히고 산책에 나설 생각이었다. 이틀 전 방학이 시작된 탓에 학기 중에 누적되었던 피로가 한꺼번에 몰려온 탓이었다.

베개에 머리를 갖다 대자마자 잠기운에 빠져든 모양이었다. 몽상과 현실의 경계에서 위태롭게 서성이던 나는 날카로운 비명 소리에 놀라서 깨어났다. 공포에 온몸이 땀에 젖어 문을 열자 신준우가 먼저 나와 있었고 곧 나선형 계단을 올라온 무리와도 마주쳤다. 소리의 진원지를 찾아 같은 층의 방들을 하나씩 노크하니 2층의 방들 중에서 하나만이 굳게 닫혀 있었다. 잠겨 있지 않은 덕분에 우리는 문을 부수는 수고를 하지 않아도 됐다.

"비명이 들리고 방으로 갔을 때 문이 잠겨 있지 않았다는 점은 여러분도 기억하실 겁니다."

"그게 중요한가요?"

"중요하고말고요. 시체를 발견했을 때의 상황을 떠올려보시죠."

그 끔찍하고도 메스꺼운 장면은 여전히 망막 속에 그대로 새겨져 있다. 피아노가 있는 벽면에 접해 쓰러진 왜소한 체구의 남자, 그를 둘러싼 피 웅덩이. 우리 중 누구도 가까이 다가가기를 망설인 것도 무리는 아니었다. 둘러보니 사람들 모두 그때의 광경이 머릿속에서 되살아난 듯 안색이 어두웠다. 그들 가운데 멀쩡해 보이는 건 두 소년뿐이었다. 그들은 재미난 전래동화라도 듣는 듯 초롱초롱한 눈을 빛내며 남자의 이야기에 귀 기울이고 있었다. 철없는 아이들에게 이 순간은 지루한 일상에 활기를 불어넣는 흥미진진한 이벤트에 지나지 않았다.

"엎어져 피를 흘리는 남자의 옆모습만 우리는 가까스로 확인했을 뿐 배에 꽂혀 있던 흉기조차 확인하지 못했습니다. 증거 훼손을 막기로 합의했기 때문이죠. 자세한 건 경찰에 맡기기로 하고 우리는 방을 그대로 보존한 채 나왔습니다. 되짚어보면 그때가 문제를 단칼에 해결할 기회였는데 능장 대처를 한 셈이에요. 그래도 결과는 바뀌지 않았겠지만…… 지진이 결정적이었어요. 그간의 묘한 상황들을 따져보면 결국 진상은 간단합니다. 다만 어째서 이렇게까지 하느냐가 문제군요."

그의 말은 그럴싸하고 있어 보이지만 핵심을 파악하기가 어려웠다. 본인의 이름도 밝히지 않은 남자는 여전히 두 손을 주머니에서 빼지 않고 계단을 등받이로 이용했다. 자세에서부터 풍겨오는 거만한 기세가 뭔가를 자극했는지 다들 눈에서 불길이 솟구쳤다. 그중에서도 강미희의 눈길이 특히 매서웠다.

"아저씨는 그러니까 범인이 누군지 알고 있단 말이에요? 시체가 어디로 사라졌는지도?"

그건 내가 하고 싶은 말이기도 했다. 다들 그의 입만 바라보던 그때 남자가 일말의 망설임도 없이 대꾸했다.

"지금까지 제가 한 말은 귓등으로 들으셨나요? 이토록 답이 뻔한 문제를 아직 못 알아차리셨다니. 제 말 속에 답이 있는걸요."

그 말을 듣고서 뒤통수를 한 방 맞은 기분이었다. 분명 그가 한 말을 처음부터 끝까지 주의 깊게 들었음에도 특별히 인상에 남는 부분은 없었다. 모두 나와 비슷한 마음인지 당혹스러운 기색이 역력했다. 본인은 말했다고 생각했지만 사실은 빼먹은 게 아닐까. 노유경이 진절머리 난다는 투로 말했다.

"속 터지니까 빨리 말해요."

"저는 범인의 이름은 모르지만 어떤 방식으로 일 처리를 했는지는 알겠습니다. 내일 아침이 되면 이 자리에 있는 모두가 깨달을 겁니다. 따뜻한 태양이 내리쬐는 섬을 함께 걸어보고 저택을 둘러보다 보면 자연스럽게 답은 도출될 겁니다. 하지만 그러면 오늘 밤 여러분이 불안해서 잠도 못 주무실 테니 해결을 앞당길 필요가 있겠네요."

이쯤 되니 남자가 우리를 농락하는 게 아닌가 싶었다. 격한 마음에 나는 항의의 의미로 그쪽으로 손바닥을 펼쳐 보였다.

"사람 놀리는 건가요? 아침에 다 같이 〈손에 손잡고〉 노래라도."

남자가 말을 중간에 가로챘다.

"그럴 의도는 없습니다. 솔직하게 말씀드리는 것뿐이지요. 우리 앞에 펼쳐진 단서들을 종합했을 때 내릴 수 있는 결론은 하나인데 그걸 모든 사람이 깨닫고 인정하는 것은 내일 아침이라는 말씀을 드린 겁니다."

수상쩍은 남자는 말을 하면 할수록 듣는 사람을 미로 속으로 끌고 들어가는 재주를 지닌 듯했다. 미로를 헤매는 건 나만이 아니었다. 소파에 자리 잡은 이들도 하나같이 종잡을 수 없다는 눈치였다. 안경을 벗은 신준우가 입김을 뱉더니 셔츠로 안경알을 문질렀다. 고개도 들지 않고 그가 차분한 어조로 말했다.

"저분이 무슨 말을 하는지 알 것 같습니다. 처음 시신이 발견되었을 때 문이 잠겨 있지 않았으니 범인은 내부인이겠죠. 다만 만약을 위해 내일 아침 다 같이 섬을 돌아다녀서 외부인일 가능성을 배제한다는 말 아닙니까?"

수수께끼의 남자는 긍정도 부정도 않고 흥미롭다는 듯 눈꺼풀을 깜박였다.

"그러니까 여기 모인 사람들 중에 범인이 있다는 거군."

유창수는 자신도 범인 후보에 오른 것이 못마땅한 듯 부루퉁한 얼굴이었다. 강미희가 침묵을 지키는 남자 쪽으로 경고의 손가락을 치켜들었다.

"아니, 우리 중에요? 불쾌하네요. 당신이야말로 수상한 게 한두 가지가 아닌데 함부로 남을 범인으로 몰아요?"

얼굴을 붉혀가며 카랑카랑하게 내지르는 강미희에 이어 박재길도 합세했다.

"그래요, 우리 중에 굳이 따지자면 당신이 범인일 가능성이 높죠. 아까도 말했지만 우리는 지진이 일어난 이후로 저택을 나간 적이 없고 당신은 한 시간 가까이 밖에 있었어요. 무슨 속임수를 썼는지 모르지만 시체를 밖으로 빼돌린 건 틀림없이 당신입니다. 경찰이 아직도 안 오고 통신이 안 되는 것도 당신 때문이고요. 빠져나가려고 수작 부려봐야 소용없어요."

주먹을 불끈 쥔 박재길이 싸울 태세를 갖추려는 듯 응접실 주위를 곁눈질하는 게 눈에 들어왔다. 그의 시선이 벽난로 옆의 장식장에 이르러 멈췄다. 그곳에는 다양한 형태의 인간을 담은 작은 조각상들이 있었다. 그걸 무기로 사용할 생각인지 박재길은 남자와 조각상을 번갈아 힐끔거렸다.

"그러고 보니 저분 방이 2층 아니었던가요?"

"맞습니다."

유창수의 지적에 남자는 시원하게 인정했지만 그 한마디가 던진 파장은 컸다. 당장 나부터도 그가 범인이라는 확신이 들었다. 강미희가 저명한 사실을 상기시켰다.

"어라, 그럼 범행을 하고 방으로 돌아갈 시간이 충분했겠어요."

더이상 그녀는 악다구니를 쓰지 않았다. 실실 웃는 것이 이미 범인이 확정되었다고 약을 올리려는 의도로 보였다. 남자의 터무니없는 부연 설명은 결국 얕은 수에 불과할 뿐이었다. 남자는 이 모든 게 귀찮다는 표정으로 어깨를 으쓱했다.

"애석하게도 저는 비명을 듣지도 못했습니다. 샤워를 하고 있었거든요. 다들 기억하실 텐데요? 가장 먼저 비명을 듣고 나온 분이 누구죠? 그분께 물어봅시다."

다들 서로를 돌아보는데 신준우가 손을 들고 당당하게 말했다.

"비명이 울렸을 때 마침 방에서 나가려던 참이었어요. 그래서 즉각 문을 열었는데 아무도 눈에 안 띄더군요. 이후에 사람들이 계단으로 올라오고 2층에 있던 분들도 하나둘씩 나왔죠. 특히 저분은 저희가 찾아갈 때까지 나오지 않았어요."

내가 기억하는 것과 일치했다. 하나로 뭉친 우리는 소리가 난 방을 찾으려 끝에서부터 노크를 했고, 그제야 머리를 내민 남자는 물이 뚝뚝 떨어지는 손을 털면서 비명이 들렸냐고 태평하게 반문했다. 내 단잠을 깨우고 아래층 사람들도 들은 소리를 못 들었다는 게 석연찮아 특히 그의 방을 수색할 때는 신경을 곤두세웠다. 은밀하게 흉기나 시신을 숨길 만한 곳을 찾아 구석구석 쥐 잡듯 털었지만 무위로 돌아갔다. 고작해야 흐트러진 이불과 짐이 든 캐리어, 테이블에 비치된 서너 권의 책이 전부로 험상궂은 남자의 방치고는 정결했다. 다만 신경 쓰였던 건 제목으로 무슨 살인사건이라는 소름끼치는 이름이 붙은 책이었다. 그런 류의 책을 읽는 것이 범죄자라는 증거는 아니지만 말이다.

"비명을 듣자마자 문을 열었는데 2층에 아무도 없었다는 말씀이군요."

특이한 독서 취향을 가진 남자가 한 문장으로 요약했다.

"그런데 한 가지 의아한 점이 있습니다."

그가 보라는 듯 모두를 돌아봤다. 신준우의 말이 사실이라면 남자는 자연스레 후보군에서 멀어지게 된다. 그는 정말 무고한 걸까, 아니면 속임수를 쓰는 걸까. 남자는 어디 해볼 테면 해보라는 듯 의기양양하게 가슴을 펴고 나를 스쳐 지나갔다. 그는 마법에라도 걸린 것처럼 서서히 걸음을 늦추더니 이윽고 체스판을 둘러싼 두 소년의 앞에서 멈췄다. 여전히 게임을 하던 둘은 방해자의 등장이 불쾌했는지 잔뜩 얼굴을 구겼다. 남자는 팔짱을 낀 채 둘과 테이블을 훑더니 체스판 위의 퀸을 집어 들었다. 그의 돌발행동에 두 소년은 어이없다는 듯 올려다봤다.

"아저씨, 왜 이러세요?"

남자는 씩 웃기만 하고 대답 없이 그들을 등지고 소파를 바라봤다. 속된 말로 씹힌 두 소년은 체스 말을 손에 쥔 채 그의 등을 노려봤다. 남자는 퀸이 공깃돌이라고 되는 듯 한 손으로 공중으로 던졌다 잡았다 하다가 동작을 멈췄다. 나도 그렇고 소파에 앉은 이들이 일순 미동도 않을 정도로 그의 행동에는 대담한 결기가 서려 있었다. 그가 손가락으로 뒤편을 가리키고 입을 뗐다.

"여기서 저 아이들 부모 되시는 분 있나요?"

"……."

다들 서로의 눈치만 볼 뿐 대답하는 이가 없었다. 내가 나설 차례였다.

"아까 저희끼리 있을 때도 얘기가 나왔습니다. 개인 사정 때문에 육지로 잠깐 가셨는데 내일 돌아오신다더군요."

돌아선 남자가 눈을 부라리는 두 소년을 향해 몸을 굽혔다. 둘의 머리 위로 길쭉한 그림자가 드리웠다.

"그럼 이 섬에는 언제 도착했지?"

"어제요."

형이 말하자 동생은 자동인형처럼 고개를 주억거리기만 했다.

"섬에 어제 왔다고?"

그렇다는 민호의 대답에 남자의 눈이 기묘하게 번뜩였다. 두 소년에게서 그간의 여유로움과 능청스러운 모습은 더는 찾아볼 수 없었다. 초조하게 어른들의 눈치를 살피는 그들을 보며 나는 문득 떠오른 생각을 애써 떨쳐내려 했다. 아무리 요즘 애들이 옛날과 다르다고 해도 설마 그럴 리가……. 그들을 내려다보던 남자가 다시 우리 쪽으로 돌아섰다.

"여러분 중 오늘 도착한 분들은 손 들어주시죠."

여기저기서 움직임이 일더니 박재길을 마지막으로 두 소

년을 제외한 전원이 손을 들었다. 초대장이 오늘 날짜로 되어 있으니 당연한 일이었다. 이들 중 대다수는 말은 안 텄어도 선착장에서부터 낮이 익은 이들이었다. 배에 몸을 실을 때만 해도 이렇게 둘러앉아 심각한 이야기를 하게 될 줄은 예상 못 했지만 말이다.

"제가 생각해둔 진상에 가까워지는 것 같습니다. 사건 발생 직후 피해자의 신상을 아는 분은 없다고 하셨는데 그 부분을 다시 짚어보겠습니다. 누구 하실 말씀 없습니까?"

남자가 좌중을 둘러보는데 신준우가 머리를 긁적이며 나섰다.

"물어보셔도 해드릴 말이 없는 게 애초에 여기 도착하고 한 시간 정도 있다 사건이 발생한 거라서요. 아까도 우리끼리 얘기했었지만 돌아가신 분은 다들 본 적 없다더군요."

다들 이견이 없는지 고개를 끄덕였다. 나 역시 도착하고 나서 녹초가 된 몸으로 다른 방에 누가 묵는지 파악할 시간이 부족했다. 바닥에 쓰러져 있던 연갈색 정장 차림의 노인은 배 안에서도, 저택에 들어와서도 본 적이 없었다.

"그렇죠. 도착하고 얼마 안 돼서 일어난 사건이니. 이참에 터놓고 얘기해보죠. 다들 여기에 어떤 경위로 오셨나요? 저는 이런 초대장을 받았는데 이걸 다들 받으셨나요?"

남자가 바지 주머니에서 종잇조각을 꺼내더니 구깃구깃 접힌 걸 펼쳐 보였다. 흰색 바탕에 금박으로 된 글자가 박힌 편지지. 글자는 안 보였지만 내가 받은 것과 동일했다. 다른 이들도 그것이 낯설지 않은지 저도요, 하면서 호응을 보냈다. 남자가 종이 끝부분을 잡고 시계추마냥 흔들거리며 꼬마들을 돌아봤다.

"너희들은 이거 있니?"

동생이 어물쩍거리자 형 쪽이 냉큼 답했다.

"엄마, 아빠가 갖고 있을걸요."

"그렇겠지."

누가 들어도 무성의한 대답이었다. 남자는 다시 우리 쪽으로 몸을 틀더니 초대장의 문구를 읊기 시작했다.

"귀하에게 황홀한 추억을 선물해드리고자 특별한 여행에 초대합니다. 천상도에서 한여름 밤의 꿈을 충분히 즐기시기 바랍니다. 숙소와 음식은 무료로 제공될 예정이니 따로 준비하지 않으셔도 됩니다, 라는 내용이었죠. 아래에는 이 섬으로 오는 약도와 운송편, 방 호수가 적혀 있고 오늘 오후 6시 이후로는 입장 불가라는 이야기도 있었죠."

남자가 같은 편지를 받았는지 묻자 다들 순순히 고개를 끄덕였다. 강미희는 그걸 여태 몸에 챙기고 다녔는지 어느새 꺼내어 연주회 팸플릿인 양 유심히 보고 있었다.

"처음에는 사기라고 생각했어요. 어떤 미친 사람이 숙소랑 음식까지 제공하면서 섬에 오라고 하겠어요. 그런데 검색해보니 실제로 천상도라는 곳이 몇 달 후에 대중들에게 공개를 앞두고 있다지 뭐예요. 그래서 와본 건데 이렇게 될 줄 누가 알았겠어요."

"마찬가집니다. 저도 검색해보고 같은 생각으로 왔어요. 제주도는 식상하고 새로운 섬에서 여름휴가를 보내려고 했죠."

유창수는 얼마 전에 헤어진 애인을 언급하며 같이 왔다면 최악의 휴가가 될 뻔했다고 혼자 온 게 다행이라고 했다. 그건 나도 마찬가지였다. 괜히 마음에도 없는 효도를 하려고 부모님을 모셔 왔다면 일가족이 외딴섬에서 공포에 떨어야 했으니 말이다. 신준우는 한숨을 푹푹 내쉬다가 분통을 터뜨렸다.

"이제 보니 그 기사는 우리를 제대로 낚으려는 속임수였습니다. 그걸 보고 사기라는 생각을 못 하게 한 거죠. 닭장에 사람들을 모아놓고 사냥하려는 정신 나간 놈이 있는 모양입니다. 제가 예전에 그런 영화를 본 적 있는데 딱 그 꼴이네요. 원한을 가진 사람들을 한곳에 가둬놓고 한 명이 남을 때까지 죽이는……."

참혹한 광경을 머릿속에 떠올린 듯 그가 침을 삼켰다. 여자들은 오늘 처음 만난 사이임에도 벌써 심리적으로 충분히 가까워졌는지 서로의 몸을 지탱하고 있었다.

"원한이라……. 인간이라면 누구나 적이 있게 마련이죠. 저만 해도 저한테 앙심을 품을 법한 놈들이 얼른 떠오르는 것만 셋 있네요."

다른 사람은 몰라도 눈가에 칼자국이 난 인물이 하는 소리라 신뢰가 갔다. 거칠고 깐죽거리는 말투의 소유자에게 적이 많은 것은 세상의 자연스러운 이치다. 남자는 우리를 둘러보며 묘한 말을 했다.

"하지만 초대장을 받은 건 저 혼자가 아니거든요. 우리 모두가 특정 인물에게 공통적으로 원한을 샀을 가능성이 있을까요? 어쩌면 이 자리에 계신 여러분과 저는 중요한 접점이 있을지도 모르겠습니다. 그게 아니고서야 우리만 섬에 초대된 이유를 설명할 수 없어요. 혹시 짐작 가는 분이 있으면 말해주시죠. 여기서 서로에 대해 조금이라도 알고 계셨다거나 한다면……."

섣불리 아무도 나서지 않자 남자의 주도하에 각자 사는 곳을 공개했다. 서울, 인천, 전남, 충북 등 특별히 겹치는 지역이 없었다. 유창수가 손뼉을 치며 주의를 환기하고 각자 주변에 돌아가신 사람들이 있는지 한 명씩 확인했다. 친척, 친구, 심지어는 가족이 죽은 사람도 있었지만 마땅한 단서가 나오지 않았다. 이외에도 최근에 이상한 일은 없었는지 서로의 경험을 공유하기도 했다. 결과론적으로는 헛발질이었다. 특히 눈가에 흉터가 있는 남자의 말에 이목이 쏠렸는데 10년도 전에 누군가와 싸우다가 상처가 났고 상처를 낸 사람은 감옥에 갔다고 했다. 첫인상으로 추측한 것과 달리 그는 제 입으로는 경찰이나 흉악범 중 어디에도 속하지 않고 현재 백수로 지내며 유유자적 글을 쓴다고 했다. 본명은 반태오로 필명을 언급하는 것은 꺼렸다. 살인사건이 붙은 제목의 책이 방에 나뒹굴던 게 생각났지만 그 부분은 캐묻지 않았다. 이런 사건에서는 범죄소설을 쓴다는 것만으로도 남들이 색안경을 쓰고 볼 수 있다는 배려에서였다. 서로의 정보를 털어놓은 끝에 반태오가 매듭을 지었다.

"접점이 없다면 무작위일 가능성도 고려해야겠습니다. 하필 왜 우리인지, 그 부분만 제외하면 다른 의문점은 어느 정도 해결된 상태긴 하죠."

"해결이 됐다고요? 아까부터 변죽만 울리지 속 시원하게 설명을 안 해주네요. 비명이 들린 직후에 안 보였다고 해서 당신을 범인 후보에서 제외할 수는 없죠. 여기저기 건드리며 시선 분산시켜도 제일 수상한 건 당신이라는 걸 잊지 마세요."

박재길의 합당한 지적에 이어 노유경도 가세했다.

"1순위가 반태오 씨, 2순위가 꼬마들이에요. 애들만 섬에 어제 왔고 부모는 떠났다니 믿어지시나요? 제 입으로 이런 말하기는 싫지만 어쩌면 그 방에서 죽어 있던 남자는 이 애들의 가족일 수도 있어요."

마침내 터질 게 터지고야 말았다. 아찔해져서 나도 모르게 눈가가 떨려왔다. 두 소년이 반태오의 질문에 당황할 때 떠올랐던 패륜적인 가설. 가혹한 질문일 수 있어 삼가고 있었는데 그녀도 같은 생각을 한 모양이다.

"가족이라고요? 설마요, 애들아 그렇니?"

"무슨 소리예요. 우리가 살인자라는 거예요?"

소년들의 격한 거부 반응에 유창수가 보란 듯이 모두에게 말했다.

"아니라잖아요. 허황한 생각은 하지 맙시다. 아이들한테 사과하세요. 어제 부모님이 데리고 왔다니 믿어줍시다. 초대장 받고 하루 당겨서 왔을 수도 있지요."

머뭇거리던 노유경은 유창수의 성화에 할 수 없다는 듯 미안하다고 했다. 소년들은 사과에도 분이 안 풀리는지 씩씩거리면서 그녀를 노려봤다. 결코 연기라고 볼 수 없는 심각한 분위기였다. 나 역시 황당무계한 가설을 머릿속에서 떨쳐냈다. 수상쩍다고 해서 아이들을 살인자로 모는 것만큼 추악한 짓도 없다.

"그럼 대체 방에 쓰러져 있던 노인은 누굴까요. 또 누가 시신을 숨긴 걸까요. 말씀드렸다시피 비명을 듣자마자 저는 나왔거든요. 창문을 통해 빠져나간 건지도 모르겠어요. 닫혀 있기는 했어도 잠겨 있진 않았으니."

턱을 괸 신준우가 푸념하듯 혼잣말을 하는데 한 단어가 마음에 걸렸다. 나는 박재길 옆의 빈자리로 가서 앉아 조금 전 상념을 비집고 들어온 어떤 단어에 집중력을 총동원했다. 처음부터 대전제로 삼았던 한 가지 사실이 그제야 허술한

논리에 바탕하고 있음을 깨달은 건 잠시 후였다. 발끝에서부터 뻗쳐오는 찌릿한 전류를 느끼고 그 단어를 뱉어냈다.

"비명……. 그게 정말 비명이었을까요?"

"무슨 소리에요. 다 같이 들었잖아요. 1층에서도 들렸는데."

강미희가 터무니없는 소리 말라며 미간을 찌푸렸다. 말은 안 해도 다른 이들의 표정도 그녀와 같았으나 단 한 사람 반태오는 나를 향해 미소를 던졌다. 나는 용기를 내서 한발 더 나아갔다.

"저도 들었죠. 한 노인이 고통에 몸부림치는 소리를. 그런데 그것이 사전에 녹음된 소리였을 가능성은 없을까요? 따져보면 저희가 방을 찾기까지는 넉넉잡아 적어도 1분이 걸렸어요. 그런데 비명이 들린 후로는 어떤 소리도 들리지 않았고 저희가 갔을 때 피해자는 이미 자극에 반응이 없는 상태였죠. 제가 의사는 아니지만 그렇게 빨리 사람이 죽을 수 있는지도 의문이 드네요."

"그러니까 하빈 씨 생각은 범행이 이루어진 시각은 그 전이라는 거죠?"

유창수가 정확하게 핵심을 짚어냈다.

"맞습니다. 우리가 오기 전이든 온 후든. 사람이 죽고 시간이 지나면 차갑게 변한다던데 처음에 시체를 발견했을 때 창수 씨가 다가가서 맥을 확인했잖아요. 어땠나요?"

"체온을 말하는 거라면 따뜻했습니다. 맥은 안 느껴졌고요."

유창수는 망설이지 않고 대답했다. 적어도 몇 시간이 흘러 시신이 싸늘해진 상태는 아니라는 게 명확해졌다.

"그럼 죽은 건 적어도 오늘 오후겠군요."

여기 와서 내가 주도적으로 대화를 이끌어간 건 처음이어서 흥분했던 것 같다. 자신감이 샘솟은 나는 탐정이 된 기분으로 각자 저택에서 수상한 장면을 본 건 없는지 한 명씩 물음을 던졌고, 사람들은 새롭게 전면에 나선 나에게 성의 있게 대답해주었다. 마지막으로 뒤편에 서 있던 반태오에게도 같은 질문을 던졌으나 그는 말없이 고개만 저을 뿐이었다. 주도권을 빼앗겨서 기분이 상한 걸까. 무안해진 나는 그에게 뭐라도 말해보라는 손짓을 해 보였다. 그가 기다렸다는 듯 입을 열었다.

"비명이 녹음된 것이었을지 모른다는 말씀은 일리 있다고 생각합니다. 저는 샤워를 하느라 못 들었지만요. 물리적으로 범인이 피할 시간이 부족한 만큼 휴대폰이든 녹음기든 장치를 이용해 소리를 조작했을 가능성이 높죠. 이제 다들 고정관념에서 벗어났으니 동기는 차치하더라도 진상이 선명하게 보이리라 생각하는데 어떠신지요?"

의도한 바는 아니겠지만 약 올리는 것처럼 보이는 건 어쩔 수 없었다. 지금까지의 상황을 토대로 나만의 가설을 밝혔다.

"제 생각은 이렇습니다. 범인은 집 안 어딘가에 숨어 있었던 누군가입니다. 피해자의 비명을 녹음해 사건 발생 시각을 오인하도록 틀었지요. 그런데 하필 뭔가를, 그것도 치명적인 실수를 했다는 걸 깨달았을 겁니다. 그러던 참에 지진이 발생했고 모두가 혼란에 빠진 틈을 타서 창문을 통해 시신을 빼돌렸어요. 시신에 지문 같은 명백한 증거가 남았을지도 모를 일이죠."

말을 하고 나자 그럴듯해서 스스로도 뿌듯해질 정도였다. 사람들의 반응도 나쁘지 않았다. 반태오 역시 내 추리가 의외였던지 눈을 동그랗게 떴다. 하지만 튀어나온 말은 시큰둥함 그 자체였다.

"피에 흠뻑 젖은 시신을 창가까지 옮기는 데만 해도 엄청난 힘이 필요하고, 가는 동안 흔적이 남을 텐데요. 그런 자국이 방에 있던가요?"

"음…… 글쎄요."

기억 속에 다른 핏자국은 없었다. 그의 말에 산산조각 난 내 가설은 그대로 폐기 수순을 밟았다. 패배를 인정하기 싫었던 나는 말꼬리를 흐리고 다른 반론을 생각하려 했지만 둔해진 머리가 제대로 작동하지 않았다. 반태오는 그런 나를 보며 픽 웃고는 모두를 향해 당차게 말했다.

"처음부터 저는 시신을 포함해 방을 샅샅이 수색해봐야 한다고 주장했지만 모두 경찰이 올 때까지 현장을 보존해야 한다며 나가자고 말해서 단념했었죠. 그런데 경찰이 오는 것이 불확실한 이제는 사건 현장을 다시 한번 꼼꼼히 볼 필요가 있습니다. 핵심적인 사항들을 고려해봤을 때 진실은 간단하고 증거는 현장 근처에 남아 있을 겁니다. 그게 범인이 원하는 거기도 하고요. 우리는 너무 먼 길을 돌고 돌아 이제야 똑바른 길로 접어든 셈입니다."

범인이 원하는 바라니. 얼토당토않은 그의 말이 모두에게 안 좋은 인상을 주었다. 노유경은 혀까지 차며 회의적인 태도를 보였다.

"시체까지 은닉한 마당에 아직 증거가 방에 있다고요? 그게 또 범인이 원하는 거고요? 진실이라는 게 뭔지 이제는 알려주시죠. 이것도 아니다, 저것도 아니다 토만 달지 말고요."

"맞습니다. 쉬운 길을 어렵게 가는 건 당신 같네요. 진상을 알면 깔끔하게 알려주시죠."

신준우도 거들었다. 반태오는 사람들의 열띤 반응에 고심하듯 몇 초 간 초점 없는 눈으로 창가를 보더니 이내 결심한 듯 입을 열었다.

"저는 누구보다도 신중한 성격입니다. 백 퍼센트가 아니면 제 추론을 남들에게 공개하지 않습니다. 제가 그동안 말씀드리지 않은 건 동기 부분이 불명확해서 그게 확실해지면 말씀드리려고 한 건데 다들 원하신다면 간단히 정리해드리죠. 지금까지의 사건 핵심은 이렇게 요약할 수 있습니다. 섬에 오자마자 비명이 들리고 시체가 발견되었다. 지진이 발생했다. 방에 다시 가보니 시체가 사라졌다. 경찰은 오지 않고 통화가 안 된다. 갑자기 섬에 강풍이 불어닥쳤다."

그는 숨을 고르고 지금까지 말한 내용을 이해하냐는 듯 모두를 둘러봤다. 다들 별다른 반응이 없자 말을 이어갔다.

"불과 몇 시간 동안 벌어진 일치고는 스펙터클하지요. 여기서 의아한 점이 한 가지 있습니다. 어떻게 살인이라는 인위적 행위와 지진, 강풍이라는 자연현상이 절묘하게 겹쳐서 일어났을까요. 우연이라면 지나친 우연이고 이는 하늘에 있는 신이, 물론 신이란 게 있다면 범인을 전폭적으로 도와주는 것이지요. 하지만 저는 우연을 믿지 않는 사람입니다. 경찰이 오기 전까지 제 손으로 그 사실을 증명하고 싶었습니다. 맨 처음 저택을 나서자마자 둘러본 건 외부인의 침입, 도망 흔적이었습니다. 2층 피해자의 방 아래쪽을 집중적으로 살펴본 결과 흙에 발자국이라고는 전혀 없었습니다. 다음으로는 사건 이후 들이닥친 강풍이 정말로 자연현상인지에 대한 의문을 해결하고 싶어 숲 쪽으로 향했습니다. 바람 세기가 심했지만 진입로를 통해 앞으로 나아갔고 말씀드렸다시피 숲길을 빠져나온 순간 고요해졌습니다. 그 순간 저는 확신했습니다. 숲속 보이지 않는 곳에서 바람을 인위적으로 생성해냈다고요."

반태오가 말을 끊고 창문 쪽으로 고개 돌리자 나를 비롯한 모두가 그쪽을 바라봤다. 여전히 나뭇가지와 잎사귀는 거친 돌풍 속에서 요란한 춤을 추고 있었다. 강미희가 무미

건조한 목소리를 냈다.

"저 바람을 범인이 만들어냈다고요? 범인은 전지전능한 사람인가 보죠? 시신도 감쪽같이 사라지게 하고 바람도 만들어내고."

"이쯤 되면 범인은 하느님이라고 해도 되겠습니다."

박재길이 깔깔거리며 옆 사람들에게 자신의 농담에 동조해달라는 눈길을 보냈다. 나 또한 반태오가 과대망상이고 그의 말에 현실성이 없다는 생각이 들었지만, 문득 밖에 나갔을 때 불어온 바람에 소금기가 섞여 있지 않았던 것이 떠올랐다. 그의 말대로 인위적으로 발생한 바람이라면 그 이유를 설명할 수 있기는 했다. 실소를 터뜨리는 이들 앞에서도 반태오는 꿋꿋하게 할 말을 했다.

"저도 압니다. 범인 혼자 이렇게까지 하는 건 무리라고요. 그래서 저는 공범이 있다고 판단했습니다. 비명 소리가 난 시점을 저택 안에 모든 인원이 있을 때로 정한 것으로 봐서 내부에는 현장 상황을 실시간으로 확인 가능한 CCTV가 어딘가 설치되어 있을 거라고 판단했습니다. 눈에 안 보이는 천장이나 구석 손 안 닿는 곳에 숨겨놨겠죠."

다들 일제히 천장을 올려다보고 이리저리 살폈지만 우아

하고 강렬한 빛을 내뿜는 샹들리에에서 조그만 물건을 발견해내기는 역부족이었다. 천장에서 바닥까지의 높이가 대략 5미터는 되었다. 그가 속도감 있게 말을 쏟아냈다.

"저를 찾던 남자분들과 저택 밖에서 마주쳤죠. 그때까지 저는 지진의 비밀에 대해서 캐고 있었습니다. 강풍이 조작된 만큼 기가 막힌 타이밍에 일어난 지진 역시 의도적으로 발생시켰을 가능성을 배제할 수 없었습니다. 저는 저택 근처를 두 바퀴 정도 돌며 확신을 얻었습니다. 이 건물은 실제로 우리가 체감하는 면적보다 훨씬 거대한 공간을 지니고 있다는 것을요. 1층의 응접실과 방 다섯 개, 부엌, 창고, 화장실. 2층의 방 다섯 개를 고려해도 밖에서 본 건물은 그보다 웅장한 규모를 자랑했습니다. 유럽의 고딕풍 건축을 표방한 이곳에는 창문의 위치, 개수를 고려했을 때 1층과 2층 사이에 엄청난 공간이 있었고, 2층 위로도 빈 공간이 있었는데 이는 우리가 방에 있을 때 느낀 바와는 다르죠. 각자 방의 천장이 그리 높지 않았다는 걸 떠올려보시면 확실히 알 수 있을 겁니다. 그런 점을 고려해 저는 지진 역시 건축물의 일부가 기계적으로 움직이는 과정에서 발생한 진동이라고 결론 내렸습니다. 강풍이 몰아치는 것도 이런 사실을

278

우리가 쉽게 깨닫지 못하게 발을 묶어두기 위함이 아닌가 합니다. 내일 아침에 밖으로 가면 모두가 이 사실을 스스로 깨달을 거라고 말한 건 그 때문이었습니다. 날이 밝으면 숲속에 설치된 바람 장치를 찾을 수 있을 거라 판단했지요."

반태오의 말이 던진 파장은 실로 엄청났다. 사람들은 더는 범인이 하느님이니 뭐니 하는 농지거리를 하지 않고 충격에 빠진 얼굴로 실내를 올려다봤다. 동요하는 건 나도 마찬가지였다. 우리가 상대하는 자가 일개 범인 한 명이 아닌 거대한 세력이라는 예감이 들어서였다. 노유경은 세상이 끝난 것처럼 의욕을 상실한 채 입을 벌리고 소파에 기댔다.

"그럼 시체는 어디로 간 거죠? 설마……."

"여전히 집 안에 있을 겁니다. 시체가 누웠던 바닥과 벽면에 분명히 장치가 있을 거라고 확신합니다."

유창수의 물음에 그는 단호하게 말했다.

"따지고 보면 피 웅덩이는 철저하게 계산된 장치였습니다. 그것 때문에 우리는 접근을 망설이고 시체의 얼굴이나 배 쪽 상처를 확인할 생각도 못 하고 경찰에 연락을 취했고 그 사이에 시신은 사라졌습니다."

다른 이들은 모두 수긍하는 눈치였지만 나로서는 도저히

이해가 안 가는 부분이 있었다.

"하시는 말씀은 잘 알겠습니다. 인위적으로 조작했다는 부분도 충분히 이해가 가고요. 그런데 한 가지 의아한 점은 그렇게 해서 범인이 뭘 얻느냐는 겁니다. 말씀대로라면 범인은 애초에 우리에게 시신을 보이지 않아도 됐습니다. 우리가 없는 사이에 그렇게 처리를 해도 됐는데 구태여 왜 복잡한 속임수까지 써가면서 우리를 속이려고 한 걸까요. 거대한 장치까지 동원될 정도면 여기에 들어가는 비용도 만만치 않을 텐데 말이죠. 단순히 공포를 불어넣기 위해서라면 시체를 그대로 방에 놔두는 게 좋지 않나요?"

"그래서 동기 이야기를 한 겁니다. 결국 범인의 의도가 무엇인가, 하필이면 왜 우리들이 선택되었는가. 두 가지가 의문이었는데 조금 전의 대화로 깨달았습니다. 이 녀석들에게 해결의 열쇠가 있다는 것을요."

다가간 반태오가 어깨에 손을 올리자 민호가 움찔거리며 눈을 내리깔았다. 확실히 이전보다 위축된 모습이었다.

"너희가 보여준 연기는 대단했다. 처음 여기 왔을 때부터 너희는 시종일관 이곳에 앉아 체스를 뒀었지. 시체가 발견되고 지진이 일어나도 너희는 보통 사람처럼 패닉에 빠지지 않고 체스에만 몰두했어. 처음에는 어린애들이니까 철이 없어서 그럴 수 있다고 넘겼지만 방금 전의 대화에서 너희가 손님들 중에서도 이질적인 존재라는 게 밝혀졌어. 다른 사람들은 초대장에 적힌 날짜와 시간대로 도착했지만 너희는 어제 도착했지. 부모님이 어제 떠났다는 너희 말을 믿는다고 해도 여전히 의문이 남아. 왜 너희만 남겨두었을까 하는. 지금까지의 단서를 검토해보면 그 이유는 한 가지로 귀결된다. 너희에게 중요한 역할이 배정되어 있었던 거야. 그건 아마 우리에게 사건 해결의 힌트를 제공하는 거였겠지."

소년들은 묵묵부답으로 그의 시선에 맞섰다. 누구 하나 입도 뻥긋할 기미 없이 서로의 눈치를 살폈다. 역할이니 힌트니 하는 낯선 단어만이 허공에 둥둥 떠다녔다. 반태오의 알쏭달쏭한 말은 혼란을 던져주기만 했다. 설령 그의 말이 옳더라도 범인은 왜 힌트를 주려 했고 하필 두 소년에게 그 역할을 맡긴 걸까. 나로서는 불가사의의 영역에 속했다.

"너희는 그저 체스만 하고 있으라는 지시를 받았겠지. 그래서 살인이 일어나도 지진이 일어나도 여기 있었던 거야. 모든 게 게임의 일부라는 것을 알고 힌트를 각인시키기 위해."

"게임이요?"

같은 단어에 동시다발적으로 모두가 반응했다. 소년들은 누구 하나 웃지 않았다. 그 전까지의 격렬한 반응을 되새겨 봤을 때 지금은 다소 이상하다고 할 수 있었다. 반태오의 입가에는 승리의 미소가 번져 있었다.

"부정하지 않는 걸 보면 알 수 있겠죠. 이 아이들은 우리가 게임 속 말이라는 걸 알아차리고 캐물으면 어떤 대답도 하지 않기로 약속이 되어 있을 겁니다. 그러니 놔두죠. 꼬마들의 역할은 끝났으니 우리가 밝혀낼 부분이죠."

"정말 그런 거니, 애들아?"

내가 부드러운 어조로 달래듯 물었지만 두 소년은 벙어리가 된 듯 입을 다물고 있었다. 반태오가 침묵을 지키는 소년들을 지나쳐서 별안간 계단으로 빠르게 걸어갔다.

"이제 문제의 방으로 가보죠. 거기에 가면 남아 있는 의혹에 대한 답을 찾아낼 수 있을 테니까요."

성큼성큼 나선형 계단을 올라가는 그를 멍하니 보다 말고 나는 앞으로 나섰다. 뒤를 이어 신준우, 유창수, 박재길도 자리에서 일어나 따라왔다. 계단을 반쯤 올라갔을 때 밑을 내려다보니 여자 둘도 매가리 없는 모습으로 발을 질질

282

끌며 오고 있었다. 자신들의 역할이 끝났다고 생각해서일까, 두 소년은 더는 손에 체스 말을 쥐고 있지 않았다. 일어선 민호가 테이블에 엎드린 동생에게로 다가가서 어깨를 토닥여주고 있었다. 정확한 사정은 아직 모르지만 어린아이들이 쉽게 감당할 수 있는 상황은 아니어서 안쓰러운 마음이 앞섰다.

반태오는 빠른 걸음으로 올라가서 벌써 계단 꼭대기에 다다른 상태였다. 돌아본 그는 우리가 올라오는 것을 기다리는 듯 벽에 기대고 섰다.

"잘 생각하셨습니다. 대단원의 막은 모두의 손으로 내리는 것이 좋죠. 이런 수고스러운 게임을 한 이유가 뭔지 당사자에게 함께 물어보는 겁니다."

두려움이라고는 조금도 섞여 있지 않은 목소리였다. 부끄럽게도 이 순간까지도 나는 끔찍한 살인 게임 속에서 새로운 희생자가 나타날지 모른다고 여겼다. 그는 우리가 오기를 기다렸다가 몇 시간 전 끔찍한 비명이 들려왔던 방으로 향했다. 그의 등 뒤에 붙어 문을 열고 들어가자 서늘한 기운이 몸을 관통했다. 불빛 속에서 방의 모습이 훤히 드러났다. 하얀색과 노란색의 알록달록한 벽지와 피아노, 침대, 반대편 벽면에 걸린 그림 액자들. 말라붙어 바닥에 남은 혈흔이 마지막으로 눈에 들어왔다. 다들 나서기를 주저하는 와중에 반태오는 바닥에 무릎을 꿇고 피해자가 누워 있던 자리를 면밀히 살피기 시작했다. 그는 어디서 났는지 손에 면장갑을 낀 채 자세를 낮춰 손과 발의 위치를 미세하게 조절하며 움직였다. 사냥개가 먹잇감을 포획하기 전에 조심스럽게 접근하는 것을 연상시키는 동작이었다. 그렇게 1분여간 다들 숨을 죽이고 있을 때 생각대로 안 풀리는지 반태오가 한숨을 쉬며 허리를 폈다.

"이곳에 분명 있을 텐데."

그가 찾는 건 어딘가에 존재한다고 주장한 특수 장치일 터였다. 나를 포함한 남자들도 시체를 감쪽같이 숨길 만한 공간을 찾으려 나름대로 탐색했지만 소득이 없었다. 애초에 그런 공간이 있다고 해도 우리 같은 아마추어의 눈으로 발견하기 어려울 거라는 생각도 들었다. 시체가 있던 쪽의 벽면 구석으로 간 반태오는 손바닥 한 뼘을 기준으로 해 여기저기를 눌러보고 두드려보며 혹시 모를 비밀 공간을 발견하는 데 진땀을 빼고 있었다. 유창수와 신준우는 시키지도 않았는데 합세해 그와 같은 방식으로 손이 닿는 범위까지 벽면을 위에서부터 아래로 훑어 내려갔다.

비집고 들어갈 틈이 없어진 나는 자연스럽게 벽면에 걸린 그림들에 눈길이 갔다. 저택에는 방마다 10여 개의 그림 액자가 걸려 있었는데 이곳도 마찬가지였다. 미술 교과서에서나 보았던 반 고흐의 〈별이 빛나는 밤〉 같은 유명한 작품의 모조품이 걸려 있기도 했지만 대부분은 살면서 본 적 없는 그림들이었다. 미술관이라 해봐야 어쩌다 한 번씩 남의 손에 이끌려서 가는 나로서는 당연한 일이었다.

별다른 생각 없이 벽에 걸린 그림들을 훑던 나의 눈길은 아래에서 두 번째 줄에 위치한 그림 중 하나에서 멈췄다. 백발의 남자가 창가 옆에서 바이올린을 켜는 하등 특별할 것 없는 그림인데도 한동안 눈을 떼지 못한 건 어딘지 모를 익숙함 때문이었다. 옆에서 부산스럽게 남자들이 움직이는 와중에도 곰곰이 그림을 뜯어보았다. 잡힐락 말락 하던 상념이 구체적인 형태를 띤 것은 얼마 후였다. 바닥에 피를 흘리며 엎드려 있던 노인과 그림 속 남자의 뒷모습이 겹쳐졌다. 둘 다 연갈색 상·하의를 갖춰 입었다는 것이 결정적으로 같았다. 그 사실을 알아차리자마자 전율에 휩싸인 나머지 와, 하고 탄성을 내질렀다. 도배업체 직원마냥 땀을 흘리며 작업하던 남자들과 침대에 앉아 편하게 쉬는 여자들 모두 왜 그러냐며 채근했다.

"저기를 보세요."

손가락으로 반대쪽 벽면의 그림 하나를 가리켰다. 한순간 침묵이 내려앉은 방에 서서히 흥분의 열기가 감돌며 하나둘씩 말문을 열었다.

"설마…… 그런 거였나?"

그중에서도 가장 흥분한 것은 면장갑을 끼고 바닥까지 기어다니던 반태오였다. 단숨에 달려온 그는 무릎을 꿇고 그림을 빤히 바라보더니 내 쪽으로 고개를 돌렸다. 이 순간 그의 눈은 환희로 번뜩이고 있었다.

"관찰력이 대단하십니다. 피해자와 같은 옷에 머리색까지 같은 노인이라니. 방마다 그림이 많이 걸려 있어서 눈여겨보지 않았는데 이런 곳에 단서가 숨어 있을 줄은 몰랐네요. 이 그림의 제목이나 화가를 아시는 분이 있을까요?"

그림만으로 화가를 추정하기 어려운 그림들이 있다. 특이한 사물이나 사람이 아닌 평범한 사람을 그린 작품들이라면 더욱 그런데 이 작품이 딱 그랬다. 제목이라고 해봐야 바이올린을 연주하는 노인 정도가 아닐까, 하고 생각하던 그

때 강미희가 손을 들었다.

"저 그림 본 기억이 있어요. 제가 일 년에 두어 번 미술관을 가는데 작년인가 앙리 마티스 전시회를 갔었거든요. 거기 다녀와서 원시적이면서 묘한 매력이 있는 마티스 그림들을 집에서 찾아봤었죠. 그때 본 그림인 거 같은데 확실하지는 않네요."

유창수가 오, 하고 화색을 띠며 반가워했다.

"마티스 전시회 저도 갔었는데. 저 그림이 마티스 작품인지는 모르겠습니다만."

"서서히 공통점이 밝혀지는군요. 여기서 마티스 전시회에 갔었던 분은 손 들어주시죠."

손을 든 사람은 강미희, 유창수 둘뿐이었다. 나와 박재길, 노유경을 포함해 넷은 가만히 있었다. 반태오는 흥미롭다는 듯 고개를 갸웃하다가 다시 손을 들었다.

"아무래도 전시회 전체로 범위를 넓혀야겠어요. 최근 가신 데가 있으신가요 다들? 저는 〈반 고흐 인 서울〉에 간 적이 있습니다만."

그곳이라면 나도 작년 가을에 갔기에 손을 들었다. 기숙사 룸메이트이자 후배가 예매를 해줬는데 파트너가 사정이 생겨 못 간다며 같이 가자고 졸라서 노곤한 몸을 이끌고 갔다. 갈 때는 시간낭비라고 생각했지만 막상 가보니 다채롭고 화려한 색감에 이끌려 사진 찍느라 정신이 없었다.

"저는 제일 최근에 간 게 모네 전시회였어요. 1년 전이었죠, 아마."

노유경이 말하자 박재길도 거기에 갔다고 말했다. 이로써 이 자리에 있는 모두가 1년 사이에 유명 화가의 대형 전시회에 간 것이 밝혀졌다. 남자는 그 사실에 고무된 듯 좀처럼 흥분을 가라앉히지 못하고 어쩔 줄 몰라 했다.

"점점 재밌어지는데요. 우리의 연락처는 어떻게 알았을까 생각해보니 당시 전시회에서 선물 추첨 이벤트를 하고 있어 연락처를 기입했던 게 기억납니다. 다른 분들도 그러셨을까요?"

그의 말에 몇몇은 기억났다는 듯 고개를 끄덕였고 일부는 잘 모르겠다는 눈치였다. 지난주에 뭘 했는지도 가물가물한 마당에 몇 달 전에 연락처를 기입했는지 여부를 기억하는 건 무리였다. 하지만 〈반 고흐 인 서울〉에 같이 갔었던 그가 이벤트 때문에 기입했다면 나도 당연히 했으리라는 생각이 들었다. 원래 공짜는 마다하지 않는 스타일이기 때문이다. 반태오는 군침이 도는 듯 두 손을 비비더니 다시 무릎을 꿇었다. 우리를 돌아본 그는 모험을 떠나는 톰 소여마냥 생기 넘쳤다.

"이런저런 시행착오 끝에 어렵게 여기까지 왔네요. 예리한 눈썰미를 가지신 분 덕분에 이제라도 제대로 된 길을 찾을 수 있게 됐습니다. 처음부터 방 안을 집중적으로 수색하지 않은 게 후회되는군요. 그럼 이제 개봉박두를 할 시간입니다."

반태오가 노신사의 그림을 조심스럽게 벽에서 떼어내자 빨간색 버튼이 나타났다. 모두 숨죽이고 지켜보는 가운데 그가 버튼을 눌렀다. 굉음과 함께 발밑의 바닥이 요동치더니 그림들로 뒤덮인 벽면이 절반으로 갈라지기 시작했다. 소음은 30초간 계속되었고 나는 제대로 중심을 잡기 위해 다리에 힘을 주었다. 서늘한 기운이 엄습하는 가운데 눈앞에 동굴을 연상시키는 축축하고 어두운 통로가 펼쳐졌다. 양옆에 중세 시대의 고성을 연상시키는 횃불 여러 개가 일렁이고 있었다. 음산한 분위기를 자아내는 통로 앞에서 경이로움에 휩싸인 나는 걸음을 뗄 엄두가 나지 않았다. 새롭게 나타난 세상으로 걸어가는 걸 망설이던 찰나 희미한 소리가 앞에서부터 들려왔다. 탁, 탁. 적막을 뚫고 울려 퍼지는 건 누군가의 발소리였다. 눈을 부릅뜨고 지켜보는데 희미한 어둠 속에서 유유히 사람의 형상이 나타났다. 빛과 그림자로 얼룩져 명확히 알아볼 수는 없어도 키가 크고 홀쭉하다는 건 분명했다. 뒤에서 강미희가 떨리는 목소리로 입을 열었다.

"누구죠, 저 사람은?"

옆에 있던 이들 모두 알 길이 없으니 침묵으로 일관했다. 우리 쪽으로 접근한 남자의 윤곽이 뚜렷하게 보인 건 방 안의 조명이 미치는 지점에 이르러서였다. 말끔하게 차려입은 연갈색 장정에 이어 얼굴이 드러난 순간 나는 본능적으로 식겁해서 뒤로 물러났다. 몇 시간 전 피를 흘리고 쓰러져 있던 남자가 거기에 서 있었다. 하얗게 샌 머리와 눈가의 잔주름이 노쇠한 느낌을 주는 반면, 아득한 감정이 밴 커다란 눈과 군살 없이 매끄럽게 빚어진 턱선이 젊고 날렵한 면모를 보강했다. 그는 짓궂기까지 한 미소를 입가에 머금고 우리들 한 명 한 명을 둘러보더니 말했다.

"반갑습니다, 여러분. 저는 마스터피스랜드 프로젝트의 총책임자 황도영이라고 합니다. 이제야 인사를 드리게 돼서 죄송하네요."

그는 맨 오른편에 있던 노유경을 기점으로 한 사람씩 악수를 청했다. 모두 같은 마음인지 죽은 사람의 영혼을 대하듯 얼빠진 상태였다. 나는 얼떨결에 그의 손을 맞잡고 흔들었는데 대번에 노동으로 단련된 손이라는 걸 알 수 있었다. 모두와 눈을 맞춰가며 인사한 그는 시종일관 쾌활한 미소를 잃지 않았다.

"원래라면 이 게임에서 제가 중간에 개입하는 일은 없지만 오늘은 베타테스트이고 여러분이 첫 참가자인 만큼 영광스러운 자리를 함께하기 위해 나왔습니다."

황도영이 깍지 낀 두 손을 들어 올려 미안하다는 제스처를 취하고는 정중하게 말을 이었다.

"먼저 사과드릴 것은 이번이 첫 번째 게임이고 아직 대중에게 공개가 되어 있지 않아 당혹스러우셨을 거라는 점입니다. 실제로 살인사건이 일어났다고 생각해서 다들 무서우셨을 텐데 여기까지 무사히 오셔서 다행입니다. 사전에 이곳에서 살인사건이 발생할 거라는 것을 알고 플레이하는 것과 모르고 대응하는 것은 천지 차이죠. 그래서 첫 번째 스테이지를 통과한 여러분이 대단하다는 겁니다. 그리고 우리로서도 놀랄 만한 추리를 보여준 분들이 있었죠. 상황실에서 지켜보면서 감탄했는데요, 다음 단계에서도 활약 기대하겠습니다."

황도영이 반태오를 향해 엄지를 치켜들었다. 칭찬에도 그는 조금도 우쭐한 모습을 보이지 않고 건성으로 손을 내저었다.

"눈앞에 빤히 있는 단서를 놓치고 빙빙 돌아 늦게 와서 부끄러울 따름입니다. 그림의 비밀을 발견한 건 저분이었는데요."

그가 내 쪽을 가리키자 머쓱해져서 얼굴을 붉혔다. 반태오의 웃음기 없이 진지한 얼굴은 겸양의 표현과는 거리가 멀었다. 그는 사건 초기에 이곳을 중점적으로 살피지 못한 것을 여전히 아쉬워하는 눈치였다. 황도영은 그런 말 하지 말라며 호탕한 웃음으로 얼버무렸다.

"겸손하십니다. 특히 집의 외관을 보고 다른 공간이 숨겨져 있을 것을 예상한 것과 강풍, 지진에 대한 추리는 탁월했습니다. 두 꼬마가 핵심 단서라는 걸 파악한 것도 놀라웠고요. 다만 저는 초대되신 분들이 유수의 전시회 이벤트에서 당첨된 분들이라 한 명쯤은 꼬마의 정체를 단박에 알아차릴 거라고 기대했는데 의외였습니다. 나중에 찾아보시면 알겠지만 두 꼬마는 앙리 마티스의 〈화가의 가족〉에 나오는 소년들을 모티브로 설정한 것으로, 마티스의 화려한 색감을 유감없이 발휘한 그림이죠. 체스판을 사이에 두고 대결을 펼치는 두 소년의 모습이 마스터피스랜드의 취지에도 부합해 전면에 배치해두었습니다. 제가 마티스의 열렬한 추종자라는 것도 한몫했고요."

그의 말에 사람들은 뒤늦게 깨닫고 놀라워했다. 위아래 빨간색 옷을 입고 설치는 꼬마를 처음 봤을 때만 해도 영락없는 장난꾸러기라고 생각했는데 그런 깊은 의미가 숨겨져 있을 줄이야. 나는 주제넘다는 것을 알면서도 건의했다.

"전시회 가서 구경해봤자 전공자가 아닌 이상은 며칠 지나면 기억도 안 날 거예요. 아마 이번에 미대생이나 화가가 참여했다면 훨씬 빨리 해결이 됐을 수 있겠습니다. 앞으로 개장할 경우 누군가 해설을 해주지 않는다면 숨어 있는 흥미로운 요소들을 알지 못하고 넘어갈 수 있으니 그 부분에 대한 작업도 필요해 보입니다."

"피드백 감사합니다. 아무래도 미술에 관해서는 전문가들이 기획, 설계를 하다 보니 일반인의 시선을 충분히 고려하지 못한 것 같네요. 그 부분은 저희가 논의를 해보도록 하겠습니다. 에, 그래서 다음 단계로 넘어가시기 전에 말씀 드릴 게 있는데요."

그는 더운지 입고 있던 외투를 벗어 한쪽 팔에 걸치고는 한바탕 연설을 하려는 듯 목청을 가다듬었다.

"마스터피스 프로젝트는 대가들의 작품에 미스터리, 어드 벤처를 융합한 신개념 프로젝트로 디즈니랜드와는 차별화 된 독특한 세계를 구현해 석 달 뒤 오픈을 앞두고 있습니다. 늦게 도착하셔서 아직 못 둘러보셨겠지만 이 섬에는 여기 말고도 비슷한 규모의 저택이 두 채 더 있고 내일과 모레 각 지에서 손님들을 초청해 베타테스트가 예정되어 있지요. 앞 으로 여러분이 체험할 짜릿한 여행에 김이 샐 수도 있지만 미리 말씀드리자면 이곳 마스터피스랜드에는 말 그대로 없 는 게 없습니다. 저 유명한 레오나르도 다빈치, 미켈란젤로 는 물론이고 반 고흐, 파블로 피카소, 앙리 마티스, 잭슨 폴 록까지. 대가들에 대한 오마주 그리고 손에 땀을 쥐게 하는 모험으로 미술과 엔터테인먼트의 융합을 체험하시리라 생 각합니다. 이곳은 기존의 흔한 관광지처럼 대량의 관광객을 유치하는 것이 아니라 전 세계에서 지원자를 모집해 소수에게 기회를 주는 구조입니다."

장시간에 걸쳐 떠드는 그에게서는 오랜 숙원을 이룬 사람에게서 찾아볼 수 있는 행복한 광채가 뿜어져 나왔다. 약속한 것도 아닌데 우리는 그의 강렬한 열정에 감화되어 격한 박수로 맞아주었다. 그는 고개 숙여 인사하고는 궁금한 게 있으면 물어보라고 했다. 반태오가 시체가 발견되었던 바닥을 가리키며 물었다.

"쓰러져 있던 건 선생님이셨나요? 사라진 방식이 짐작은 가지만 직접 보고 싶네요."

원래도 웃는 상이지만 황도영은 어느 때보다 큰 소리로 킬킬 웃어댔다.

"그게 궁금하셨구나. 보여드리죠."

남들을 놀라게 하는 것을 좋아하는 유치한 면모가 세월이 흘러도 남아 있는 게 분명했다. 그가 우리를 뚫고 벽으로 다가가더니 천장을 향해 손가락을 저었다. 그러자 또다시 발밑이 요란하게 흔들거리고 이번에는 반대편 벽면이 아래에서 위로 올라갔다. 벽면과 바닥을 구분하는 경계선을 기점으로 작은 공간이 생겨났다. 칼에 복부를 찔린 남자가 눈을 감고 누워 있는데 어찌나 황도영과 똑같은지 주위에서 경악에 찬 반응이 튀어나왔다. 나 역시 본능적으로 그의 배에 칼이 꽂혀 있지는 않은지 살폈을 정도다.

"언뜻 보면 사람 같지만 생체 특성을 정밀하게 반영한 마네킹입니다. 피해자의 모델을 선정하는 과정에서 조금도 망설임 없이 저 황도영을 써달라고 했지요. 왜, 작가들이 본인의 작품이 영상화되면 단역으로 출연하려는 심리 있잖습니까. 저도 마찬가지였죠. 누군가는 악취미라고 할지 모르지만 저는 원래 이런 사람입니다. 첨언하자면 고여 있던 핏물은 반태오 씨가 추론하셨던 것처럼 사람들의 접근을 막기 위함이었죠. 한번에 시체를 뒤집고 진짜 사람이 아닌 줄 대번에 파악하면 재미없지 않습니까. 어지간한 사람은 못 건드리도록 심리적인 장치를 해둔 거예요. 가짜 피는 그때그때 세척, 소독할 수 있는 장치가 저기 아래쪽에 숨겨져 있고요."

이외에도 마스터피스랜드의 건축 시기와 비용 등에 대한 질의응답 시간을 가졌다. 경찰에 신고한 것에 대해 언급하자 그는 실소를 머금었다.

"그쪽과는 사전에 다 교감이 됐었습니다. 경찰에 신고하고 이후로는 연락이 안 되도록 실내에 전파 차단 장치를 해뒀지요. 게임이 끝나고 돌아오시면 해제할 테니 걱정 마시죠."

더는 질문이 나오지 않자 그가 흡족하다는 듯 양손을 비벼댔다.

"이제 제 역할은 이걸로 끝이니 다음 스테이지로 입장하시죠. 한여름밤의 꿈을 제대로 즐겨주시기 바랍니다."

그의 배웅을 뒤로 하고 우리는 어둠을 헤치고 한걸음씩 보조를 맞춰 나아갔다. 거장들의 축복으로 탄생한 황홀하고 스릴 넘치는 세계 속으로.

올해 초 도쿄로 놀러간 김에 디즈니랜드와 디즈니씨를 다녀왔습니다. 〈미녀와 야수〉, 〈미키마우스〉 등 어릴 때부터 접해온 만화 속 매력적인 주인공들을 놀이기구를 타고 만나는 색다른 경험은 저를 오랜만에 동심의 세계로 이끌었습니다. 전 세계 사람들과 함께 즐겼던 화려한 볼거리들은 요즘도 기억 속에서 드문드문 되살아나 그때의 사진을 꺼내 보게 되고, 언젠가 다시 가보고 싶다는 소망을 마음속에 품고는 합니다.

황홀한 여행을 마치고 돌아온 호텔에서 이번 소재를 떠올렸습니다. 앙리 마티스를 비롯한 세계 유명 화가들이 남긴 걸작들로 조성된 테마파크 설정은 착상부터 매혹적이었고, 이것을 미스터리 어드벤처와 결합하면 실제로도 많은 관광객을 유치할 수 있지 않을까 하는 흥미로운 상상을 해봤습니다. 마감을 한 달 앞두고 다녀온 여행의 마지막 밤, 영감은 그렇게 운명처럼 저를 찾아왔습니다. 앤솔러지 계약 이후 그림 하나만 덜렁 정해놓고 한 문장도 못 쓰고 있던 저로서는 대단한 행운이었지요.

두 소년이 체스를 두는 〈화가의 가족〉를 선택한 것은 사이트에

● 창가의 바이올리니스트,
  1918, 프랑스 퐁피두센터

서 찾아본 앙리 마티스의 그림들 중 유독 재미있을 것 같다는 본
능적인 직감 덕분이었습니다. 소년들을 어떤 배경, 어떤 이야기의
흐름 속에 놓을지 상상해보는 작업은 제게 신선한 경험을 선사했
습니다. 〈창가의 바이올리니스트〉는 처음 그림을 고를 때는 전혀
고려를 안 했는데, 여행에서 다녀와 작품을 써나가는 과정에서
추가한 그림입니다. 결말에 등장하는 괴짜 할아버지와 자연스럽
게 이어질 그림으로는 안성맞춤이었지요. 그래서 의도치 않게 그
림 두 개를 쓰게 되었는데요, 마티스의 그림을 하나라도 더 독자

님들께 소개할 수 있어서 뿌듯합니다.

독자님들 가운데 다음 스테이지가 다뤄지지 않고 여운을 남기는 식으로 끝나서 아쉬워할 분들도 계실 거라고 생각합니다. 저 역시 한정된 분량 속에서 작품을 끝내는 것이 아쉬워서 반태오와 김하빈의 이야기를 언젠가 또 단편으로 써볼 계획이니 기대해주세요!

도판목록

마티스 × 스릴러

앙리 마티스의 그림에서 발견한 가장 어둡고 강렬한 이야기

초판 1쇄 2025년 1월 20일

지은이 박산호·박상민·정명섭·정해연·조영주
펴낸이 박은영

펴낸곳 마티스블루
주소 서울시 마포구 토정로 222 한국출판콘텐츠센터 402호
등록 2022년 5월 26일 제2022-000147
홈페이지 www.matissebluebooks.co.kr   **인스타그램** @matisseblue_books
이메일 matisseblue23@gmail.com
디자인 Chestnut   **제작** KPR

ⓒ 박산호·박상민·정명섭·정해연·조영주, 2025

ISBN 979-11-979934-8-0 (03810)